KB114164

와룡봉추

임영기 新무협 판타지 소설
FANTASTIC ORIENTAL HEROES

와룡봉추 17

임영기 新무협 판타지 소설

초판 1쇄 찍은 날 § 2020년 4월 28일
초판 1쇄 펴낸 날 § 2020년 5월 5일

지은이 § 임영기
펴낸이 § 서경석

총괄팀장 § 노종아
편집책임 § 강서희

펴낸곳 § 도서출판 청어람
등록번호 § 제387-1999-000006호
등록일자 § 1999. 5. 31
어람번호 § 제2-2832호

주소 § 경기도 부천시 부일로 483번길 40 서경B/D 3F (우) 14640
전화 § 032-656-4452 팩스 § 032-656-4453
http://www.chungeoram.com
E-mail § chungeorambook@daum.net

ISBN 979-11-04-92186-5 04810
ISBN 979-11-04-91921-3 (세트)

17

와룡봉추

임영기 新무협 판타지 소설

FANTASTIC ORIENTAL HEROES

目次

第一章

악마도(惡魔島)

　주화결은 들어서자마자 두리번거리지도 않고 곧장 부애신에게 빠른 걸음으로 걸어왔다.

　그는 형 주대영과 함께 천신국에 온 이후 이곳에 뿌리를 내린 해룡상단 사람들과 긴밀한 관계를 유지하고 있다.

　"고수들이 필요하다."

　미리 일어나 있던 부애신이 공손히 허리를 굽혔다.

　"총단주, 손님이 와계십니다."

　"손님은 나중에……."

　"먼저 손님을 만나보십시오."

"지금 손님을 만날 여유가 없다!"

주화결은 손을 저으면서 외치다가 부애신이 가리키는 사람을 쳐다보는 순간 멈칫했다.

그는 일어서서 자신을 보고 있는 화운룡을 쳐다보고는 어디선가 본 듯한 사람인 것 같아서 잠시 고개를 갸웃거리다가 갑자기 소스라치게 놀랐다.

"아앗! 주군!"

소스라치게 놀란 그는 펄쩍 뛰었다가 눈을 껌뻑이면서 화운룡을 바라보았다.

"아아… 정말 주군이십니까……?"

화운룡은 감개무량한 표정으로 고개를 끄떡였다.

"그렇습니다, 이 형님. 화운룡입니다."

"아아……."

부르르 세차게 몸을 떨던 주화결은 갑자기 고꾸라지듯이 그 자리에 엎어지면서 부복했다.

"주군……!"

화운룡은 얼른 주화결을 일으켰다.

"이러지 마십시오, 이 형님."

주대영과 주화결은 손위 처남이며 화운룡보다 나이가 훨씬 많으므로, 예전에도 화운룡은 두 사람을 깍듯하게 윗사람으로 대접했었다.

주화결은 화운룡에게 손을 잡힌 채 그를 자세히 살피면서 놀라워했다.

"정말 주군이 맞군요… 살아 계셨다니 꿈만 같습니다……!"

"이 형님도 무사하셨군요."

주화결은 닭똥 같은 눈물을 흘렸다.

"주군께서 살아서 돌아오시다니 하늘이 도우셨습니다……! 이제 만사가 잘 풀릴 겁니다……."

그는 감정이 격해져 거칠게 숨을 몰아쉬면서 우느라 말을 잇지 못했다.

화운룡이 워낙 굉장한 인물이었던 터라서 주화결은 그가 살아서 돌아온 것만으로 이미 모든 어려운 일들이 다 해결된 것처럼 기쁜 심정이다.

화운룡은 그의 그런 모습을 보면서 콧날이 시큰거렸다. 주화결하고는 피를 섞지 않았지만 이런 것을 보면 가족이 틀림없는 것이다.

"주군……."

주화결은 충격과 기쁨 때문인지 마주 선 화운룡의 어깨에 이마를 대고는 어깨를 들먹이며 나직이 흐느꼈다.

화운룡은 아무 말도 하지 않고 그의 등을 부드럽게 쓰다듬기만 했다.

주화결로서는 그동안 무척이나 힘들었을 것이다. 형 주대영과 단둘이 누이동생 옥봉을 구하기 위하여 이 먼 곳까지 와서 이리저리 부딪치며 고군분투했으니 그 어려움이야 말해서 무엇 하겠는가.

더구나 주대영과 주화결의 무공이라고 해봐야 일류고수 수준이고, 이곳 해룡상단에도 내로라하는 절정고수가 한 명도 없는 상황이며, 가진 것은 막대한 자금력뿐이라서 일이 몇 배나 더 어려웠을 것이다.

세상천지에 돈으로 해결하지 못하는 일이 없다고 하지만 그건 틀린 말이다.

세상에는 억만금으로도 절대 해결하지 못하는 일이 비일비재하며 그것을 해결할 수 있는 방법은 단 하나다.

즉 무력(武力), 힘인 것이다.

그런데 바로 그 힘의 화신인 화운룡이, 그것도 죽었다고 여긴 사람이 떡하니 나타나 준 것이니 그 사실이 그가 살아서 돌아온 것 이상으로 기쁜 주화결이다.

부애신과 부윤발 등은 설마 주대영과 주화결이 화운룡의 처남일 줄은 상상도 하지 못했다.

주대영과 주화결은 꽤 오랫동안 천신국에서 머물며 활동을 했었지만 부애신은 그들이 해룡상단의 북부총단주와 중부총단주라고만 알고 있었을 뿐이다.

"봉아를 찾으러 오셨습니까?"

"그렇습니다."

주화결의 물음에 화운룡이 대답했다.

"나는 이곳에 온 지 그리 오래되지 않습니다. 이 형님께선 언제 오셨습니까?"

"열 달 가까이 됐습니다."

그렇다면 주대영과 주화결은 옥봉이 끌려간 지 얼마 지나지 않아서 이곳에 왔다는 얘기다.

"뭔가 소득이 있었습니까?"

이것이 가장 중요한 질문이다.

둥근 탁자 둘레에 앉아 있는 사람들의 시선이 모두 주화결에게 집중됐다.

"노예로 끌려온 봉아가 시녀로 있던 곳은 존동삼왕의 궁전이었습니다."

"그것까지는 나도 알고 있습니다."

주화결은 조금 놀란 표정을 지었다.

"어디까지 알고 계십니까?"

"봉애와 자봉이 존동삼왕의 시녀로 있다가 어디론가 끌려갔다는 사실까지 알고 있습니다."

주화결의 얼굴이 굳어졌다.

"봉아가 어디로 끌려갔는지 알아냈습니다."

화운룡이 급히 물었다.

"어딥니까?"

주화결이 고동동에게 지시했다.

"지도를 갖고 와라."

고동동이 지도를 가지러 간 사이에 주화결이 심각한 얼굴로 설명했다.

"그곳은 서백리아인데 이곳에서 칠백여 리 떨어진 동토(凍土)의 땅입니다."

"어딘지 압니까?"

"포랍자극(布拉茨克: 브라츠크)이라는 곳입니다."

그때 고동동이 갖고 온 지도를 주화결이 탁자에 넓게 펼치고는 손가락으로 한 곳을 짚었다.

"여깁니다."

그곳은 패가이호에서 발원한 안가랍하 물줄기를 따라서 오백여 리 북쪽에 있는 강가였다.

"어떤 곳입니까?"

"매우 추운 곳입니다. 예를 들어 오줌을 누면 그 즉시 얼어버릴 정도입니다."

"사람들이 살고 있습니까?"

주화결은 고개를 끄떡였다.

"작은 현 정도 규모입니다."

그렇게 추운 곳에도 사람들이 살고 있다는 사실이 신기한 일이지만 이 자리에서는 어느 누구도 그것을 신기하게 여기지 않았다.

"포랍자극에서 안가랍하 하류로 삼십여 리 떨어진 섬에 봉아가 있는 것으로 확인했습니다."

화운룡은 두 손으로 주화결의 어깨를 덥석 잡았다.

"어려운 것을 용케 알아냈군요. 잘했습니다!"

주화결은 씁쓸한 표정을 지었다.

"그러나 그 섬 근처에는 접근조차 하지 못했습니다."

"괜찮습니다. 내가 하겠습니다."

화운룡은 옥봉이 있는 곳을 알아내기만 하면 구 할은 그녀를 구한 것이나 다름이 없다고 생각했다.

화운룡과 주화결은 다른 방으로 자리를 옮기고 그 자리에는 부윤발과 부애신, 고동동, 변섭이 동석했다.

부애신은 해룡상단 동천국 총책임자이며 고동동은 동천국에 대해서라면 모르는 것이 없을 만큼 해박하다.

"포랍자극에는 자주 가봤어요."

소문난 마당발답게 고동동이 진지한 얼굴로 말했다.

그녀는 옥봉이 있다는 안가랍하의 섬을 가리키며 설명했다.

"이 섬은 악마도(惡魔島)라고 부르는데 저는 가본 적이 없으며 아마 포람자극에서 악마도에 가본 사람은 한 명도 없을 겁니다."

고동동은 화운룡이 묻기 전에 악마도에 대해서 설명했다.

"소문으로는 그 섬에 악마가 살고 있다지만 사실은 괴수들이 우글거리고 있어요."

주화결은 이미 그 사실을 알고 있는지 잠자코 있지만 화운룡은 괴수라는 말이 뜻밖이다.

"괴수라고?"

"네. 사납고 포악하며 거대한 수십 종류의 괴수들이 우글거린다고 알고 있어요."

고동동이 덧붙였다.

"게다가 악마도 근처는 물살이 세고 급류이며 소용돌이가 심한 데다 강물 속에도 괴수들이 살고 있어서 접근하면 배를 침몰시키고 사람들을 잡아먹는다고 합니다."

"실제로 그런가?"

부애신이 굳은 얼굴로 고개를 끄떡였다.

"이곳은 중원하고 달라서 사람들 사는 곳을 조금만 벗어나면 괴수들이 많이 출몰합니다. 특히 악마도 주위 강물 속에는 괴수들이 우글거려서 사람들은 그곳에 일체 접근하지 않는다고 들었습니다."

화운룡은 주화결에게 물었다.

"이 형님께서 아까 들어오자마자 고수들이 필요하다고 말했는데 그것 때문입니까?"

"그렇습니다. 빠른 쾌속선에 고수들을 태우고 악마도로 향하면서 괴수들을 처치할 계획입니다."

"가능성이 있습니까?"

"단 일 할의 가능성이 있다고 해도 실행해야지요."

그 말인즉 가능성이 희박하다는 뜻이다. 화운룡에는 그런 일에는 도박을 하지 않는다.

화운룡은 고개를 가로저었다.

"그것은 두 가지 문제 때문에 불가합니다."

문제가 하나도 아니고 두 가지라는 말에 주화결은 눈을 조금 크게 떴다.

"그게 무엇입니까?"

"첫째, 그것은 너무 큰 희생이 따르는 무모한 계획입니다. 둘째, 악마도에서 외부인이 접근을 시도했다는 사실을 알게 될 겁니다."

주화결은 큰 희생이라도 감수할 생각이지만 둘째 문제 즉, 누군가 악마도에 접근하려는 사실이 그들에게 발각된다는 사실을 염두에 두지 않았었다.

"누군가 악마도에 접근하려는 사실을 그들이 알게 되면 그에 따른 만반의 조치를 취하게 될 것입니다. 그것은 무조건 첫 번째 잠입 때 성공을 거두어야 하며 두 번째 악마도 잠입은 몇 배 더 어려워질 것이라는 의미입니다."

"아… 그렇겠군요."

주화결은 깜짝 놀랐다가 무겁게 고개를 끄떡였다.

"그렇다면 악마도에 잠입하여 목적을 이루는 것은 단번에 해결해야 한다는 것이로군요."

"그렇습니다. 그들에게 대비할 여유를 주지 말고 단번에 잠입하여 옥봉과 자봉 등을 구하든지 다른 방법을 사용해야 할 것입니다."

주화결이 의아한 표정을 지었다.

"다른 방법이란 무엇입니까?"

화운룡은 간결하게 대답했다.

"한 번에 들어가서 악마도를 박살내는 것입니다."

"……."

화운룡의 말이 너무 엄청나서 아무도 입을 열지 않았지만 얼굴에는 감탄과 경악이 겹쳐서 떠올랐다. 그런 말은 오직 화운룡만이 할 수 있기 때문이다. 주화결은 그것 비슷한 생각조차 해보지 못했다.

주화결은 뭔가 심상치 않은 느낌을 받았다.

"설마 주군 혼자 잠입하시려는 것입니까?"

이곳에 있는 사람들은 비룡공자를 천하제일인쯤으로 여기고 있기에 그라면 악마도의 일을 처리할 수 있을지도 모른다고 기대했다.

화운룡은 고개를 가로저었다.

"혼자서 해결할 수 있는 일이 아닙니다."

그는 하늘을 뒤덮을 절세무학을 일신에 지녔지만 그것만으로 악마도에서 목적을 이룰 수는 없다.

그가 악마도에 잠입한다면 옥봉과 자봉 두 사람만 구해서 나오지는 못할 것이다.

중원에서, 그리고 비룡은월문에서 끌려간 사람들이 그곳에 많이 있을 텐데 옥봉과 자봉만 구해서 나오는 것은 말도 되지 않는 일이다.

"주군, 안 됩니다……."

화운룡이 무슨 생각을 하고 있는지 눈치를 챈 주화결이 착잡한 표정으로 말했다.

주화결은 매우 진지한 표정으로 화운룡을 똑바로 주시하며 또렷한 어조로 물었다.

"만약 악마도에 많은 사람들이 있다면 그들을 다 구하실 생각이십니까?"

"그렇습니다."

화운룡은 솔직하게 대답했다.

주화결은 강경한 얼굴로 고개를 가로저었다.

"그러시면 안 됩니다. 불가능한 일입니다. 그러면 봉아도 구하지 못할 겁니다."

화운룡은 주화결이 무엇 때문에 악마도의 사람들을 모두 구하는 일을 반대하는지 알고 있다.

몇 명인지 알 수는 없지만 필경 꽤 많은 수일 텐데 다행히 악마도에서 그들을 모두 구한다고 하더라도 그 이후가 문제일 것이다. 동천국만이 아니라 천신국 전역이 발칵 뒤집힐 것이기 때문이다.

한두 명이면 몰라도 최소한 수백 명이거나 그보다 훨씬 많을지도 모르는 인원을 이끌고 악마도에서 빠져나오고 또 천신국 내를 활보하여 탈출하는 것은 불가능한 일이다. 주화결은 그것을 염려하고 있다.

"계획이 있습니다."

*　　　*　　　*

화운룡은 천외신계 내에 천여황에 대항하는 천황파라는 세력이 있다는 것에 대해서 모두에게 설명했다.

주화결과 부애신, 고동동은 매우 놀랐으나 그것과 악마도의 일이 무슨 상관이 있는지 짐작조차 하지 못했다.

화운룡이 진지한 얼굴로 말했다.

"천신국에서 젊은 사람들이 갑자기 대거 사라진 것은 천황파의 음모인 것 같습니다."

주화결이나 부애신, 고동동은 해룡상단 일을 하는 사람들이라서 음모니 뭐니 하는 것들에 대해서는 머리가 빠르게 돌아가지 않는 편이다.

그나마 강호의 밥을 먹어본 부윤발이 뭐가 생각난 듯 화운룡에게 물었다.

"혹시 천황파라는 세력에 대해서 천신국 사람들은 모르고 있는 것인가?"

화운룡은 고개를 끄떡였다.

"모르고 있다고 봐야지."

부윤발은 화운룡이 조금 전에 계획이 있다고 말하고는 곧이어 천황파에 대해서 설명했다는 사실에 주목했다.

"그렇다면 악마도에서 사람들을 구해내도 천황파는 그 일을 표면적으로 드러내지 못하겠군."

"그렇네. 천황파는 드러내지 못하고 암중에서만 추적을 하게 될 거야."

주화결과 부애신 등의 얼굴에 놀라움과 한 가닥 기대 어린 표정이 떠올랐다.

화운룡의 짐작처럼 악마도의 인물들이 천황파가 분명하다

면 옥봉을 비롯한 많은 사람들을 구해낸다고 해도 대대적인 추격을 하지 못할 것이다.

"나는 천여황파를 움직일 생각이야."

천황의 세력을 천황파라고 하니까 기존의 세력을 천여황파라고 부른 것이다.

"어… 떻게 말입니까?"

주화결이 크게 놀라서 물었다.

화운룡은 진지한 표정을 지었다.

"천여황파에 천황파의 존재를 알려주는 것입니다."

"아……."

어떻게 알려줄 것인지 방법은 모르겠지만 그렇게 한다면 어쩌면 악마도의 일이 훨씬 수월해질지도 모른다.

화운룡은 주화결과 부윤발, 변섭, 부애신 네 사람의 생사현관을 타통해 주었다.

현재로선 몇 사람의 도움이 필요한 상황이지만 주화결 등의 공력이 약한 탓에 그들의 도움을 받기보다는 외려 그들을 보호해야 할 판국이다.

황궁무학을 연마한 주화결은 팔십 년 공력이었으나 생사현관 타통 이후 일시에 백오십 년 공력으로 급증했다.

뿐만 아니라 화운룡이 심지공을 통해서 주화결이 아직 터득하지 못한 몇 가지 절세적인 위력의 황궁무학 몇 가지의 구결을 뇌리에 심어주었다.

예전 통천방 일개 조장이었던 부윤발은 오십 년 공력이었으며 변섭은 육십 년, 부애신은 일개 무사 수준인 사십 년 공력이었지만, 생사현관 타통 이후 각각 부윤발은 백 년, 변섭은 백십 년, 부애신은 팔십 년으로 중진되어 일류고수를 능가하는 수준이 되었다.

더구나 화운룡이 이들 모두의 체질에 적당한 무공을 심지공으로 전수해 주었으니 금상첨화가 되었다.

생사현관이 타통된 이후 이들의 기쁨이야 이루 말할 수 없을 정도다.

화운룡이 옥봉 등을 구하기 위해서 필요한 사람은 주화결과 변섭 정도지만 기왕지사 생사현관을 타통하는 김에 부윤발과 부애신도 해준 것이다.

동천국 내에서 현재 가장 높은 신분은 절번인 동절신군(東絶神君)이다.

동절신군은 두 명이며 내정(內政)을 담당하는 내신군(內神君)과 동천국의 천외신군 이십만 명을 총지휘하는 대장군인 외신군(外神君)이 있다.

동절외신군은 동초후를 따라서 천외신군 십만 명을 이끌고 중원에 출정을 나가 있으므로 현재 동절내신군이 동천국의 최고 통치자다.

다각다각…….

세 필의 말이 오란오달 중심가의 번화한 대로를 일렬로 천천히 걸어가고 있다.

대로는 오가는 행인들이 매우 많은 데다 대로 양쪽에는 많은 점포들이 영업을 하고 있어서 매우 북적거렸다.

세 필의 말 위에는 변섭과 화운룡, 주화결이 앉아 있으며 그들은 일체 두리번거리지 않고 마상에 꼿꼿한 자세로 앉아서 정면을 주시하고 있다.

선두와 후미의 변섭과 주화결은 졸지에 공력이 두 배 가까이 급증된 터라서 아직도 기쁨이 주체할 수 없을 정도로 흥분한 상태이고 자신감이 하늘을 찔렀다.

지금 기분 같으면 그야말로 천하무적이라서 어느 누구하고 싸워도 일격에 박살 낼 것만 같았다.

변섭은 뒤따라오는 화운룡을 힐끗 뒤돌아보았다.

화운룡이 빙그레 엷은 미소를 짓는 모습을 보고 다시 앞을 바라보는 변섭의 내심에서 화운룡에 대한 존경심이 끝없이 커져만 갔다.

변섭과 주화결은 화운룡과 함께라면 천하 어디를 가더라

도, 그리고 무슨 굉장한 위험에 직면하더라도 추호도 두려울 것 같지 않았다.

화운룡 일행은 번화한 중심가를 지나 어느 거대한 대저택 앞에 이르렀다.

오십여 채의 고루거각들로 이루어진 대저택 앞에는 갑옷 차림의 군사 십여 명이 당당하게 지키고 있다.

그리고 현판에는 '동천내절대공전(東天內絕大公殿)'이라는 용사비등한 필체가 적혀 있다.

동천국 최고 지배자인 동초후를 제후, 절군을 대공, 존왕을 영주라고 하며 이곳은 동절내신군의 거처이므로 '내절대공전'이라 칭하는 것이다.

변섭을 필두로 세 필의 말은 멈추지 않고 곧장 동천내절대공전 앞으로 나아갔다.

다각다각…….

활짝 열려 있는 거대한 전문 양쪽을 지키고 있는 십여 명의 군사들이 기다렸다는 듯이 장창을 가로막았다.

"멈춰라!"

그런데 그들의 말이 동이어다.

변섭이 동후신패를 쥔 손을 앞으로 쭉 뻗으며 동이어로 당당하게 외쳤다.

"동초후 전하의 특사이시다! 물러서라!"

동후신패를 발견한 군사들은 즉시 창을 거두고 그 자리에 납작하게 부복하며 외쳤다.

"전하를 뵈옵니다!"

변섭이 보무당당하게 앞장서고 화운룡과 주화결은 그 뒤를 따라서 전문을 통과했다.

동절내신군은 출타 중이라서 화운룡 일행은 접객실로 안내 되어 융숭한 대접을 받았다.

동절내신군의 심복이며 동천내절대공전의 총관인 사라 달(斯羅達)이라는 인물이 화운룡 일행을 직접 챙겼다.

"전하, 잠시 기다리시면 존번들을 즉시 소집하겠습니다."

시녀들이 온갖 미주가효를 가져오고, 또 시중을 들고 있는 가운데 사라달이 두 손을 앞에 모으고 공손히 말했다.

동절내신군이 없기 때문에 존번 즉, 존왕들이라도 소집하 겠다는 얘기다.

화운룡은 손을 저었다.

"됐다. 우선 외신군을 만나야겠다."

"외신군께선 급한 용무로 패가이호 방향으로 가셨는데 전 갈을 보냈으니 돌아오실 것입니다."

"얼마나 기다려야 하느냐?"

"하루면 돌아오실 것입니다."

하루씩이나 기다려야 하다니 너무 길다.

사라달은 반백의 수염에 반백 머리의 다부진 체격, 용맹한 외모를 지닌 사십오륙 세의 인물인데 동천국 사람 대부분이 입고 있는 동이족의 복장을 하고 있다.

사라달은 멀리 중원에 나가 있는 동초후의 특사가 갑자기 찾아온 이유가 무엇인지 몹시 궁금했지만 그것을 대놓고 물을 신분이 아니다. 동절내신군 정도 돼야 조심스럽게 물을 수 있을 터이다.

시녀들이 극진하게 대접하고 있으며 탁자 앞에 앉은 화운룡만 느릿한 동작으로 술을 마시고 있을 뿐 주화결과 변섭은 그의 뒤에 호위고수처럼 시립하고 있다.

화운룡은 일부러 뜸을 들이느라 술을 다섯 잔쯤 마신 후에 총관 사라달에게 명령했다.

"시녀들을 물려라."

사라달이 즉시 시녀들을 모두 물러가게 하고 화운룡 앞에 공손한 자세로 섰다.

"더 하명하실 일이 계십니까?"

순간 가만히 앉아 있는 화운룡에게서 아주 흐릿한 금광이 미미하게 분출되었다.

화운룡과 반 장 거리에 두 손을 앞에 모으고 서 있는 사라달은 금광을 발견했지만 그것이 설마 자신을 공격하는 것이라고는 생각하지 못했다.

아니, 금광이 발출되는 것이 착각으로만 여겼지 공격 수단일 것이라고는 생각하지 않았다.

파파파파팟…….

"흐윽……."

사라달은 추호도 의심하지 않은 상황에서 화운룡의 잠혼백령술에 제압되었다.

그 광경을 보고 주화결과 변섭은 움찔 놀랐으나 곧 화운룡이 사라달을 제압했을 것이라고 짐작했다. 그런데 눈앞에서 벌어진 광경인데도 무슨 수법으로 사라달을 제압했는지 짐작조차 하지 못했다.

화운룡이 사라달에게 조용한 목소리로 물었다.

"천황파에 대해서 알고 있느냐?"

사라달이 공손히 대답했다.

"모릅니다."

"동절내신군은 무슨 일로 출타한 것이냐?"

"며칠 전에 패가이호에서 수상한 무리가 포착되어 확인하러 가셨습니다."

"수상한 무리를 무엇이라고 생각하느냐?"

"신군께선 여러모로 조사하신 이후 그들이 반역 세력이라고 추측하십니다."

주화결과 변섭은 사라달이 화운룡의 질문에 일말의 망설임도 없이 응구첩대 꼬박꼬박 공손히 대답하는 것을 보고 적잖이 놀랐다.

그래서 화운룡이 섭혼술 같은 것을 전개했을 수도 있다고 생각했으나 사라달의 목소리가 맑고 눈빛이 총명하며 얼굴 표정이 변함없는 것을 보니까 그건 아닌 것 같았다.

그런 신기한 광경을 지켜보고 있는 그들로서는 그저 화운룡이 한없이 존경스러울 따름이다.

"수상한 무리가 패가이호에서 무엇을 했느냐?"

"안가랍하 발원지에서 동쪽으로 백오십여 리 떨어진 곳에서 수백 명이 물속에 깊이 잠수하는 훈련을 하고 있었다는 정보를 입수했습니다."

"그들을 반역 세력이라고 추측하는 이유가 무엇이냐?"

"첫째, 포란자극 북쪽 오십여 리 안가랍하에 있는 악마도에서 수천 명이 합숙을 하고 있다는 정보를 입수했습니다. 둘째, 동천국 내부에서 꽤 많은 인원이 지난 일 년여 동안 행방불명 상태인데 그들이 암중에서 반역 세력을 잉태하고 있을 것이라고 추측했습니다."

사라달은 화운룡이 이런 질문을 할 줄 미리 알고서 충분히 연습을 한 것처럼 막힘없이 대답을 했다.

"이유가 더 있느냐?"

"본국 내에 수상한 자들이 들어와서 은밀하게 활동하고 있는데 그들이 반역 세력과 연계되었다고 추측하고 있습니다."

"그들은 누구냐?"

"부상국(扶桑國: 일본)에서 온 인자(忍者)인 것으로 파악하고 있습니다."

"인자?"

화운룡은 부상국 인자에 대해서 알고 있다. 그들은 둔갑술이나 은둔술, 잠행술, 추적술 따위가 뛰어나며 독특한 검술과 암기술로 무장한 매우 까다로운 무사다.

화운룡은 문득 짚이는 바가 있어서 물었다.

"그래서 동절내신군은 악마도에 갔느냐?"

"그렇습니다. 하지만 전서구를 보냈으므로 즉시 회군하여 돌아오실 겁니다."

사라달이 알고 있는 것은 그 정도였다. 그와 동절내신군은 천황파라는 이름만 모를 뿐이지 그 존재에 대해서는 화운룡보다 더 많은 것들을 알고 있었다.

"외신군이 수하를 얼마나 데리고 갔느냐?"

"고수 이천 명과 군사 일만입니다."

"악마도에는 어떻게 접근하느냐?"

"포랍자극에 본국 소유의 거선 삼십여 척이 있습니다."

화운룡은 잠시 생각하다가 일어섰다.

"동절내신군에게 전해라. 돌아오지 말고 계획대로 진행할 것이며, 내가 포랍자극에 갈 것이라고 해라."

"알겠습니다."

사라달은 즉시 서찰을 작성하여 전서구를 날렸다.

동절내신군이 악마도에서 반대 세력이 잉태되고 있다는 정황을 포착하여 고수와 군사를 대거 이끌고 직접 출정했는데 그를 불러들일 필요가 없다.

화운룡은 악마도에서 옥봉과 자봉을 비롯한 중원인들을 구해야 하므로 일단 일차적인 목적은 외신군과 같다.

이것은 마침 불어오는 바람을 빌어서 배를 달리는 것(借風使船)과 같은 이치다.

동절내신군은 총관 사라달의 두 번째 전서구를 받아서 읽고는 오란오달로 회군하지 않고 원래 계획했던 대로 패가이호를 건너서 포랍자극으로 향했다.

우두두둑!

말을 탄 화운룡 일행은 오란오달을 출발하여 포랍자극을 향해 질주했다.

화운룡은 사라달의 잠혼백령술을 풀어주지 않았다. 그렇다고 해서 사라달이 불편한 점은 전혀 없다. 그는 평상시와 조금도 다름이 없는 생각과 행동을 한다.

잠혼백령술은 화운룡이 말할 때 즉, 묻거나 명령할 때에만 작동하기 때문이다.

화운룡은 주화결과 변섭, 그리고 사라달만을 데리고 패가 이호를 향해 내달렸다.

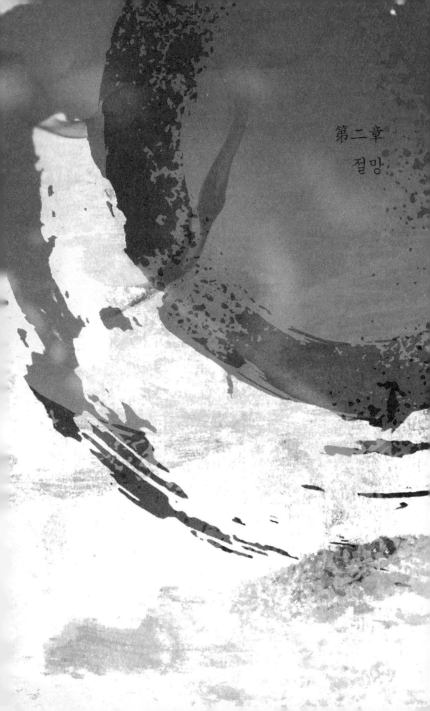

第二章
절망

　화운룡 일행은 오란오달을 떠난 지 하루 반나절 만에 목적
지 포랍자극에 도착했다.

　사전에 동절내신군과 미리 연락을 주고받은 사라달은 화운
룡을 포랍자극에서 가장 좋은 장원으로 안내했다. 가장 좋은
장원이라고 해봤자 동절내신군의 대저택인 동천내절대공전에
비하면 궁전과 측간 정도의 수준이다.

　당연한 일이지만 동절내신군은 활짝 열어놓은 장원 전문
앞에서 화운룡을 영접했다.

　사라달이 얼른 말에서 내려 마상에 앉아 있는 화운룡을 두 손으로 가리키며 동절내신군에게 소개했다.

"특사 전하이십니다."

오십 대 초반의 나이인 동절내신군은 마상의 화운룡을 짧게 일별하더니 즉시 한쪽 무릎을 꿇고 고개를 깊이 숙이며 군신지례를 취했다.

"신 도호반(都護班)이 전하를 뵈옵니다."

동절내신군 도호반은 화운룡을 처음 보지만 그가 지니고 있는 동후신패가 동초후를 대신하는 것이라서 추호의 의심이나 거부감 없이 칭신했다.

도호반과 함께 전문 밖에 나와 있던 간부급 십여 명도 일제히 예를 갖추었다.

화운룡이 말에서 내려 한어로 명했다.

"일어나라."

화운룡의 말에 도호반이 몸을 일으키자 간부급들도 따라서 일어섰다.

도호반은 키가 크고 강파른 얼굴에 날카로운 눈매를 지닌 강직한 인상을 풍겼다.

도호반은 화운룡 앞에 공손히 시립했다.

"사라달이 보낸 서찰로 전하의 뜻을 대충 짐작하겠습니다만 정확하게는 모르겠습니다."

화운룡은 고개를 끄떡이고 전문 안으로 향했다.

"들어가서 얘기하자."

도호반이 앞서고 사라달, 간부급들은 화운룡의 뒤를 따랐다.

화운룡은 간부급들을 전부 내보내라 하고 도호반, 사라달만 남게 했다.

화운룡 혼자 앉아 있고 그의 뒤에는 주화결과 변섭이 서 있으며 앞쪽 좌우에는 도호반과 사라달이 서로 마주 보는 자세로 서 있다.

화운룡은 상황을 원활하게 진행하기 위해서 일단 잠혼백령술로 도호반을 제압하기로 마음먹었다.

빠르고 정확하며 간단한 방법이 있는데 일부러 어려운 길을 돌아서 갈 이유가 없다.

화운룡이 아무리 동초후의 특사 자격이라고 해도 도호반이 내심 깊은 곳에 감추고 있는 내용까지 털어놓지는 않을 것이기 때문이다.

추호의 기척도 없이 화운룡의 어깨 어림에서 흐릿한 금빛 광채가 허공으로 둥실 떠올랐다.

도호반은 그걸 봤지만 사라달이 그랬던 것처럼 자신을 공격할 것이라고는 추호도 예상하지 않았다.

그러고는 금광이 자신을 향해 쏘아오는 것 같은 느낌을 받는 순간 얼굴을 비롯한 상체 스물일곱 군데 혈도가 찰나지간에 제압됐다.

파파파파팍……

도호반의 몸이 가볍게 움찔 떨렸을 뿐 별다른 반응은 보이지 않았다.

동천국 제이인자의 신분인 도호반은 사라달보다 절반쯤 더 고강하지만 화운룡이 볼 때는 그래 봐야 거기서 거기다.

화운룡이 전개하는 수법을 피하거나 막으려면 천여황이나 정체를 알 수 없는 천황쯤 돼야 가능할 것이다.

주화결과 변섭의 얼굴에 경이로움이 가득 떠올랐다. 동절 내신군을 이처럼 간단하게 제압하다니 두 사람으로서는 꿈도 꾸지 못할 일이다.

사라달은 도호반이 제압되는 것을 뻔히 보고 있으면서도 아무렇지도 않은 얼굴이다.

화운룡이 도호반에게 조용한 목소리로 말했다.

"악마도를 어떻게 할 계획이냐?"

화운룡은 반역 세력 같은 것에는 추호도 관심이 없다. 그의 관심사는 오로지 악마도에 있을 것으로 확신하는 옥봉을 구하는 일뿐이다.

도호반이 공손하게 대답했다.

"화공으로 악마도를 불태운 후에 진격하여 일거에 모조리 괴멸시킬 계획입니다."

　그런데 도호반은 악마도의 반역 세력을 섬멸할 생각일 뿐이
지 그곳의 누군가를 살릴 생각이 추호도 없다.

　화운룡이 조용한 목소리로 말했다.

　"악마도에 끌려온 사람들은 정신이 제압됐을 것이다. 무조
건 그들을 살려야 한다."

　도호반은 화운룡이 한 말의 내용에 대해서 일말의 저항감
도, 의문도 갖지 않았다.

　"알겠습니다."

　"화공은 하지 않는다. 또한 악마도를 일거에 덮치되 끌려온
사람들은 단 한 사람도 죽이지 마라."

　"반항하면 어떻게 합니까?"

　"제압하라."

　"알겠습니다."

　"고수들과 군사는 어디에 있느냐?"

　"거선 삼십 척에 분승하여 명령을 기다리고 있습니다."

　화운룡은 벌떡 일어섰다.

　"가자."

　출격이다.

　포랍자극 포구에서 배에 오르기 전에 화운룡이 주화결에게

말했다.

"이 형님께선 여기에서 기다리십시오."

주화결은 펄쩍 뛰었다.

"무슨 말씀이십니까? 누이동생을 구하러 가는데 당연히 제가 가야 합니다."

악마도 안에서 무슨 일이 어떻게 벌어질지 모르는 상황에 화운룡이 주화결과 변섭을 보호하느라 정신과 시간을 허비할 수는 없는 일이다.

그러나 주화결이 너무 강경해서 화운룡은 다른 방법을 써서 그를 떼어놓고 가야겠다고 생각했다.

그러자 그런 눈치를 챈 주화결이 급히 두 손을 저으며 뒤로 두 걸음 물러섰다.

"저를 제압하거나 하는 방법을 쓰지는 마십시오. 주군께서 그러시면 나중에라도 저는 자결을 하고 말 것입니다."

내심을 들킨 화운룡이 씁쓸한 얼굴로 이번에는 변섭을 쳐다보자 그는 얼굴이 새파래져서 주화결보다 더 강경한 목소리로 소리쳤다.

"저는 지금 이 자리에서 죽어버리겠습니다."

"변섭, 남아서 네가 할 일이 있다."

변섭은 화운룡이 자신을 떼어내려는 것인지 아닌지 분간할 수가 없어서 눈을 부릅떴다.

"만약을 대비해서 배를 대기시켜라."

변섭은 눈을 껌뻑거렸다.

"무엇 때문입니까?"

"현재로썬 알 수 없지만 어쩌면 배가 필요한 상황이 발생할지도 모른다."

앞으로 무슨 일이 일어날지 모르기 때문에 만약을 대비한 유비무환이다.

"알겠습니다."

늦은 오후.

쿠우우―

포랍자극 포구를 출발한 삼십여 척의 거선이 위풍당당하게 강을 따라 하류로 운항을 시작했다.

척후로 나가 있는 배는 악마도에서 아무런 움직임이 포착되지 않는다는 내용의 전서구를 보내왔다.

삼십여 척의 거선은 안가랍하강을 완전히 뒤덮었다.

악마도 주위에는 상시 물살이 세고 거센 소용돌이가 휘돈다고 하지만 이 정도 엄청난 크기의 거선에는 전혀 영향을 미치지 못했다.

또한 악마도 주변 강물 속에는 괴수들이 우글거린다고 하는데, 삼십 척의 거선들이 악마도 가까이 접근할 때까지 단

한 마리의 괴수도 모습을 드러내지 않았다.

뿐만 아니라 악마도에서는 전혀 반응이 없다. 거선 삼십 척의 대선단을 보고 지레 겁을 먹은 것인지, 아니면 무슨 꿍꿍이가 있는 것인지 모를 일이다.

악마도는 둘레가 온통 칼로 깎은 듯한 수십 장 높이의 절벽이며 단 한 곳에 좁은 협곡이 구불구불하게 안쪽으로 길게 뻗어 있을 뿐이다.

거선들은 돛을 내리고 노를 저어 줄지어서 느릿하게 협곡 안으로 진입했다.

거선들이 협곡으로 진입하는 동안에도 악마도에서는 어느 누구도 제지하지 않았다.

협곡 막다른 곳에는 제법 넓은 호수 같은 공간과 드넓은 백사장이 있어서 거선들은 그곳에 정박하고 고수들과 군사들이 일사불란하게 배에서 내려 섬에 상륙했다.

슈욱!

화운룡은 주화결의 팔을 잡고 거선의 삼 층 누각에서 섬을 향해 비스듬히 쏘아 올랐다.

도호반과 사라단이 동시에 신형을 날려 그 뒤를 바싹 따랐다.

악마도는 전체가 울창한 원시림 숲과 기암괴석으로 둘러싸

였는데 화운룡이 쏘아간 방향에는 크고 작은 바위와 봉우리들이 우후죽순처럼 삐죽삐죽 솟아 있었다.

그곳의 곳곳에 유황천들이 널려 있고 지독한 악취의 수증기가 뿜어지고 있지만 소문으로 들었던 괴수의 모습은 어디에서도 발견되지 않았다.

넓게 펼쳐진 기암괴석 지대를 지나자 전방에 하나의 거대한 성채가 모습을 드러냈다.

성채는 둘레가 무려 오 리에 달하고 한복판에 우뚝 솟아 규모가 매우 큰 오 층 누각을 중심으로, 수십 채의 크고 작은 전각들이 여기저기에 흩어져 있다.

높은 담이 성채를 둘러쌌으며 담 외곽에는 폭이 이십여 장에 이르는 물길 즉, 해자(垓字)가 둘러쳐져 있다.

해자 건너 성문에 해자를 가로질러 놓이는 다리가 높이 들려 있는데 성 안쪽에서 기관 장치에 의해 작동되는 듯했다.

슈우우—

화운룡은 배에서 몸을 날린 이후 줄곧 허공에서 일직선으로 빛처럼 쏘아가면서 한 번도 바닥을 딛지 않았다.

화운룡에게 팔이 잡혀서 그와 나란히 비행하고 있는 주화결은 너무 놀라 눈을 커다랗게 뜨고 있는데 정신이 반쯤 달아난 얼굴이다.

그는 지금까지 살아오면서 이렇게 빠른 속도로, 그리고 이처럼 오랫동안 허공을 날아본 경험이 한 번도 없었다.

뒤따르는 도호반과 사라달은 전력을 다하는데도 시간이 지날수록 점점 뒤쳐지더니 끝내는 화운룡을 놓치고 말았다.

도호반이 어느 커다란 바위 위에 멈춰서 두리번거리며 화운룡을 찾고 있을 때 한 걸음 늦게 사라달이 도착해서 거친 숨을 몰아쉬었다.

"헉헉헉… 전하께선 어디로 가셨습니까……."

도호반은 조금 당황한 표정이다.

"전하를 놓쳤다."

그때 한쪽 방향에서 은은한 목소리가 들려왔다.

"이쪽이다."

도호반과 사라달은 화운룡의 목소리라는 것을 확인하고는 즉시 그쪽 방향으로 쏘아갔다.

척!

도호반과 사라달은 해자 이쪽 강둑에 우뚝 서서 성채를 응시하고 있는 화운룡 옆에 가볍게 내려섰다.

화운룡은 성채 안쪽을 쏠어보면서 청력을 돋우었다.

그의 시야에 성채 내의 여러 전각에서 고수들이 성문 쪽으로 달려가는 모습이 포착됐는데 수십 명에 불과하다.

수십 명으로 이천 고수와 일만 군사를 상대한다는 것은 어불성설이다.

동천국 전역에서 한날한시에 사라진 십오 세부터 삼십 세까지 중원인이 줄잡아 삼천여 명이라고 하는데 그들이라고 짐작되는 사람의 모습은 어디에서도 발견되지 않았다.

화운룡이 성채를 응시하며 물었다.

"해자를 건널 수 있겠느냐?"

도호반과 사라달의 얼굴빛이 흐려졌다. 그들이 아는 바로는 천신국에서 이십여 장 폭의 해자를 단번에 날아서 건널 수 있는 사람은 천여황뿐이다.

"불가합니다."

화운룡이 한 손으로는 주화결의 팔을, 다른 손으로는 도호반의 팔을 잡고 사라달에게 지시했다.

"내신군의 팔을 잡아라."

평소의 사라달이라면 어째서 도호반의 팔을 잡으라는 것인지 의문이 생길 테고, 또한 상전의 팔을 선뜻 잡지 못하고 머뭇거렸을 것이다.

하지만 지금 상황에서는 잠혼백령술이 발동하여 사라달이 도호반의 팔을 주저 없이 잡았다.

스웃!

사라달이 도호반의 팔을 잡자마자 화운룡이 성채를 향해 비스듬히 빛 같은 속도로 신형을 날렸다.

화운룡은 불과 한 호흡 만에 해자를 건너서 성벽 위에 사뿐히 내려서며 명령했다.

"총관, 성문을 열고 다리를 내려라."

사라달이 성문으로 쏘아갔다. 성문을 열고 해자 위에 다리를 내려야지만 이끌고 온 고수와 군사들이 성으로 들어올 수가 있을 것이다.

만약 화운룡이 없었으면 도호반이 이끄는 고수들과 군사들은 해자를 성채로 진입하는 데 애를 먹었을 터이다.

화운룡은 성벽 위에 서서 성내를 둘러보다가 한복판의 오층 누각에 시선이 멈추었다. 그가 보기에 오 층 누각이 이 성채의 중추일 듯했다.

"가자."

화운룡이 짧게 말하고 오 층 누각을 향해 쏘아가자 도호반이 질세라 바싹 뒤따랐다.

화운룡이 성벽에서 오 층 누각까지 오십여 장 거리를 한 번도 발을 딛지 않고 단번에 날아가는 데 비해서, 도호반은 십여 장에 한 번씩 전각의 지붕을 딛고 재도약을 하며 부지런히 뒤따르고 있다.

도호반이 한 번에 십여 장씩 도약하는 것은 초절정의 경공술이지만 화운룡하고는 비교가 되지 못했다.

도호반은 순식간에 멀어지고 있는 화운룡을 보면서 감탄

을 금하지 못했다.

'굉장하시구나……! 대체 전하는 어떤 분이실까?'

이런 생각을 할 때의 도호반은 잠혼백령술에 제어받지 않는 평소 그의 모습이다.

*   *   *

화운룡은 주화결을 데리고 허공을 수평으로 곧장 날아서 오 층 누각 맨 위층의 어느 창을 부수며 곧장 안으로 들이닥쳤다.

퍽!

"허엇?"

"앗!"

실내에는 세 명이 모여 서 있다가 난데없이 뛰어든 화운룡 때문에 놀라서 낮게 외쳤다.

창졸간이어서 그들이 미처 어떤 행동을 취하기도 전에 화운룡이 무형지기를 발출하여 세 명 모두 제압했다.

파파파팟!

"윽……."

"허윽……."

마혈이 제압된 세 명은 뻣뻣해졌다가 차례로 둔탁하게 실내

바닥에 나뒹굴었다.

화운룡이 바닥에 내려설 때 부서진 창을 통해서 도호반이 쏘아 들어왔다.

도호반은 바닥에 쓰러져 있는 세 명을 쓸어 보다가 가볍게 눈살을 찌푸렸다.

"이놈들 낯이 익습니다."

도호반은 세 명의 목뒤에 새겨진 성문을 확인했다.

"이놈들은 동천국의 금투정령수입니다."

동천국에는 삼십 명의 금투정령수가 있으며, 한 명의 금투정령수는 금투정수 오십 명을 거느린다.

그리고 금투정령수 위에는 금투총령사가 다섯 명 있으며 그들이 색성칠위 최상위 금성족의 최고 등급이다.

바닥에 쓰러져 있는 세 명의 금투정령수는 도호반을 발견하고는 크게 놀라고 당황했다.

그들은 도호반이 동천국 동절내신군이라는 사실을 알아본 것이 분명하다.

그때 화운룡이 급히 손을 뻗어 강기를 발출하여 금투정령수 세 명의 아혈을 제압했다.

파파팍……

그러나 한발 늦고 말았다. 셋 중에 두 명이 눈을 허옇게 까뒤집고 입에서 게거품을 부글부글 토해내며 몸을 푸들푸들

격렬하게 떨어댔다.

"끄으으……."

이들 금투정령수들은 평소 입안 어금니 안쪽에 독이 든 밀랍환을 물고 있었던 모양이다.

만약 적에게 제압됐을 경우엔 밀랍환을 깨물기만 하면 그 안의 독이 순식간에 퍼져서 열을 세기도 전에 숨이 끊어져 절명하고 만다.

마혈을 제압해도 입은 움직일 수 있으므로 어금니의 밀랍환을 깨물 수가 있는 것이다.

화운룡이 이상한 낌새를 눈치채자마자 급히 세 명의 아혈을 제압했지만 찰나지간 늦어서 두 명이 독이 든 밀랍환을 깨물고 말았다.

두 명은 몸을 푸들푸들 떨다가 잠시 후에 얼굴이 검푸르게 변해서 숨이 끊어지고 움직임이 정지했다.

미처 밀랍환을 깨물지 못한 한 명은 눈알을 뚜릿뚜릿 굴리면서 불안한 표정을 지었다.

도호반이 뺨을 씰룩이며 중얼거렸다.

"본국은 이런 극악한 수법 같은 것을 경멸합니다. 그런데 천황파 이자들이 이처럼 극악하다니……."

팍…….

화운룡이 손가락을 까딱거리자 살아남은 금투정령수의 입

에서 회백색의 손톱 크기만 한 작은 알갱이 하나가 튀어나와 바닥에 떨어졌다. 독이 든 밀랍환을 화운룡이 접인신공으로 뽑아낸 것이다.

화운룡에게서 발출된 무형지기가 밀랍환을 적중시켰다.

팍! 화륵…….

밀랍환은 터지면서 그대로 불타더니 잠시 후에는 재조차 남기지 않고 소멸했다.

도호반이 살아남은 금투정령수를 꿇어앉히고 몇 가지 방법으로 심문을 했으나 그자는 차라리 죽이라면서 절대로 입을 열지 않았다.

도호반은 얼굴을 찌푸리며 천황파가 독종들만 모았다면서 푸념을 했다.

그래서 화운룡은 잠혼백령술을 사용했고, 금투정령수는 즉시 고분고분해져서 알고 있는 것들을 술술 토해냈다.

도호반은 여러 방법을 사용했어도 벙어리처럼 입을 다물고 있던 금투정령수가 입에서 거미줄을 뽑아내듯이 묻는 대로 대답하는 것을 보고 어이없다는 표정을 지었다.

하지만 도호반은 자신도 금투정령수와 똑같은 수법에 제압됐다는 사실을 꿈에도 모를 것이다.

아니, 설혹 안다고 해도 별 이상은 없다. 그는 잠혼백령술에 제압된 상태이기 때문이다.

잠시 후 금투정령수에게서 알아낸 내용은 화운룡을 크게 실망시켰다.

화운룡이 이미 알고 있는 것처럼 악마도는 동천국 전역에서 끌려온 십오 세부터 삼십 세까지의 중원 사람들이 강제로 합숙을 하면서 무공 연마를 하는 장소였다.

그들을 동혈대라고 부르며, 최초에는 삼천여 명이었으나 일 년 두 달이 지나는 동안 훈련 과정에서 대부분 죽고 현재는 이백칠십팔 명만이 살아남았다고 한다.

또한 그들 동혈대는 일 년 두 달여 전에 동천국 각지에서 끌려오자마자 특수한 약물과 섭혼술에 의해서 인성이 마비되고 기억이 깡그리 지워졌다는 것이다.

이후 그들은 백괴오령술(百怪五靈術)이라는 금지된 수법을 통해서 공력이 최초로 생성됐으며, 불과 일 년여 만에 삼 갑자에서 사 갑자까지 공력이 급증했다고 한다.

동혈대 모두는 오금마극(五禁魔極)과 천외오신극(天外五神極), 그리고 천마혈옥강(天魔血玉罡)이라는 천신국의 절세적인 절학을 배웠다.

그러나 가장 중요한 사실은 동혈대 이백칠십팔 명이 사흘 전에 이곳을 떠나 중원으로 향했다는 것이다.

살아남은 금투정령사 한 명이 알고 있는 내용은 여기까지가 전부다.

그는 자신의 윗선이 누군지도 모르고 동혈대가 중원 어느 곳에, 무엇 때문에 갔는지도 모르고 있었다.

화운룡은 금투정령수를 다시 한번 심문했으나 결과는 똑같았다. 그는 더 이상 알고 있는 것이 없었다.

단지 동천국 내의 천황파에 대한 정보가 있었으나 화운룡이 원하는 것은 아니다.

화운룡의 마음은 착잡하기 짝이 없다. 동혈대가 최초에는 삼천여 명이었으나 현재는 십분지 일에도 미치지 못하는 이백칠십팔 명만 살아남았다는 사실이 그에게 절망적인 충격을 안겨주었다.

그가 아는 옥봉은 연약하기 짝이 없는 소녀일 뿐이다. 그런 그녀가 그 혹독한 지옥의 훈련 과정을 무사히 치르고 살아남은 십분지 일에 속했을 가능성은 매우 희박하다.

옥봉과 함께 끌려간 자봉은 원래 하북팽가의 제자로 일류 고수 수준이었으므로 생존 가능성이 매우 높다. 하지만 기억과 인성이 모조리 말살된 자봉이 옥봉을 곁에서 지켜주었으리 만무하다.

화운룡은 어쩌면 옥봉이 살아 있을 수도 있을 것이라고 애써 가느다란 희망을 가져보지만, 현실을 조금만 직시해도 그럴 가능성이 워낙 희박하다는 것을 알 수 있기에 애써 품어

본 희망마저도 이내 사그라지고 말았다.

심문이 끝난 후에 도호반이 크게 놀란 얼굴로 말했다.

"오금마극과 천외오신극은 천신국에서 수백 년 전에 금지된 실전마공입니다."

화운룡은 옥봉이 죽었을 것이라는 사실 때문에 크게 상심한 상태라서 도호반의 말이 귀에 들어오지 않았다.

그런 것을 알 까닭이 없는 도호반은 더욱 놀라는 표정으로 말을 이었다.

"더구나 천마혈옥강은 여황 폐하의 독문절학입니다. 천황파가 그것을 어떻게 손에 넣어 동혈대에게 가르쳤는지 기가 막힐 노릇입니다."

그는 화운룡 앞에서 두 팔을 벌려보였다.

"전하, 상상해 보십시오. 공력이 사 갑자에 달하고 전대의 실전마공과 여황 폐하의 절학을 연마한 동혈대 이백칠십팔 명의 위력이란 상상조차 할 수 없을 것입니다."

동천국의 일인지상만인지하의 신분인 동절내신군이 이 정도로 반응한다는 것은 동혈대가 그만큼 굉장하다는 증거다.

화운룡은 오란오달로 돌아왔다.

"하명해 주십시오."

동천내대절공전에 돌아오자마자 도호반이 화운룡의 명령을 기다렸다.

악마도에서 생포한 금투정령수에게 동천국 내 천황파에 대한 정보를 알아냈으므로 다음 수순으로 당연히 천황파들을 색출, 잡아들이는 것이기 때문이다.

문득 화운룡은 도호반의 말을 그냥 흘려 넘길 수만은 없어서 혼잣말로 나직하게 중얼거렸다.

"동혈대가 무엇 때문에 중원에 갔을까?"

도호반이 움찔하더니 적잖이 놀라는 얼굴로 낮게 외치듯이 말했다.

"설마… 여황 폐하를 시해하러 간 것이 아닐까요?"

화운룡은 거기에 대해서 잠시 생각하다가 고개를 끄떡였다.

"그럴 가능성이 크군."

"아아… 생각해 보니 가능성 정도가 아니라 여황 폐하를 시해하러 간 것인 분명합니다……."

얼마나 긴장했는지 도호반의 목소리가 떨렸다.

"반역 세력, 아니, 천황파의 목적이 무엇이겠습니까? 여황 폐하를 시해하면 천신국은 구심점을 잃고 순식간에 줄줄이 붕괴하고 말 것입니다."

그렇다면 동혈대는 천여황이 있는 곳으로 향한 것이 분명할 것이다.

만에 하나 천행으로 옥봉이 살아서 동혈대 이백칠십팔 명에 포함됐다면 그녀는 천여황을 죽이려고 그녀가 있는 곳으로 가고 있는 중일 것이다.

'천여황이 있는 곳은 용황락이다.'

북경 자금성에서 동초후는 천여황이 용황락에서 지내고 있다고 말했었다.

도호반은 대책이 서지 않는지 초조한 표정으로 화운룡을 보면서 물었다.

"전하, 이제 어떻게 하면 좋겠습니까?"

화운룡은 잠시 생각을 정리한 후에 차분한 얼굴로 지시했다.

"세 가지 일을 동시에 진행해야 할 것이다."

막막한 표정이던 도호반의 얼굴에 기대감이 떠올랐다.

"말씀하십시오."

"첫째, 즉각 천신국 각국의 절번들에게 연락하여 우리가 알고 있는 정보를 공유하는 한편, 각국에 동혈대와 유사한 집단이 있는지 면밀히 조사하도록 지시하고, 있다면 현재 그들이 어디에 있는지 확인해야 한다."

도호반과 사라달은 극도로 긴장하여 화운룡의 명령에 귀를 기울였다.

"둘째, 최대한 빠르게 추격대를 구성하되 각국에서 절번을 수장(首長)으로 하고 금성, 홍성, 흑성의 투정수 천 명으로 추격대를 꾸려서 출발시킨다."

도호반과 사라달이 듣기에 화운룡의 명령은 지금 상황에서 가장 시기적절하고 명쾌하여 내심으로만이 아니라 얼굴에도 감탄하는 기색이 역력했다.

"셋째, 본국에서부터 중원에 이르는 비찰림 이하 모든 정보망을 동원하여 그들의 행적을 추적하라."

화운룡은 손가락을 하나씩 접었다.

"동천국의 반역 세력이 동혈대인 것으로 봐서 각국의 반역 세력의 명칭은 북혈대, 서혈대, 남혈대일 것이다."

참모를 겸직하고 있는 사라달이 조심스럽게 말했다.

"천신본국도 있습니다."

"그렇다면 그쪽은 본혈대(本血隊)라고 하자."

화운룡이 손을 저었다.

"즉시 실행하라."

"명을 받듭니다!"

도호반과 사라달은 쏜살같이 밖으로 달려 나갔다.

오해란룡방에 돌아온 화운룡은 마음이 착잡하기 이를 데 없어 창가에 앉아서 물끄러미 창밖만 바라보았다.

주화결은 조금 떨어진 곳에 앉아 있지만 낙담하기는 그도 마찬가지여서 굳은 얼굴로 입을 굳게 다물고 있다.

주화결뿐만 아니라 현 상황에 대해서 알게 된 변섭이나 부애신, 부윤발도 굳은 얼굴로 침묵을 지키면서 가끔 화운룡을 쳐다보았다.

지금 화운룡을 괴롭히고 있는 것은 과연 옥봉이 살아 있느냐는 것이다.

옥봉이 살아서 동혈대 이백칠십팔 명에 포함되었을 것이라고 애써 위로를 해보지만, 현실적으로 냉정하게 생각했을 때 옥봉이 살아 있을 가능성은 일 할도 안 된다.

일단 화운룡이 마음속으로 옥봉이 살아 있을 것이라고 믿는 것이 선행돼야만 한다.

그게 없이는 어떤 행동을 하더라도 진정성이 없을 것이고 의욕이 나지 않을 터이다.

"주군!"

그때 반가운 외침이 터지면서 한 사람이 안으로 구르듯이 달려 들어왔다.

"형님!"

앉아 있던 주화결이 벌떡 일어나서 달려 들어오는 사람을 반갑게 맞이했다.

들어온 사람은 옥봉의 큰오빠인 주대영이다. 그는 곧장 화운룡에게 다가와 말릴 새도 없이 바닥에 부복했다.

"주대영이 주군을 뵈옵니다!"

"큰형님!"

옥봉 때문에 착잡한 심정이던 화운룡은 주대영을 보자 왠지 가슴이 뭉클했다.

"어서 일어나십시오."

화운룡이 급히 일으키자 주대영은 감개무량한 표정으로 눈물을 글썽이며 그를 바라보았다.

그러다가 문득 생각난 듯 열띤 목소리로 외치듯이 말했다.

"봉아가 살아 있습니다!"

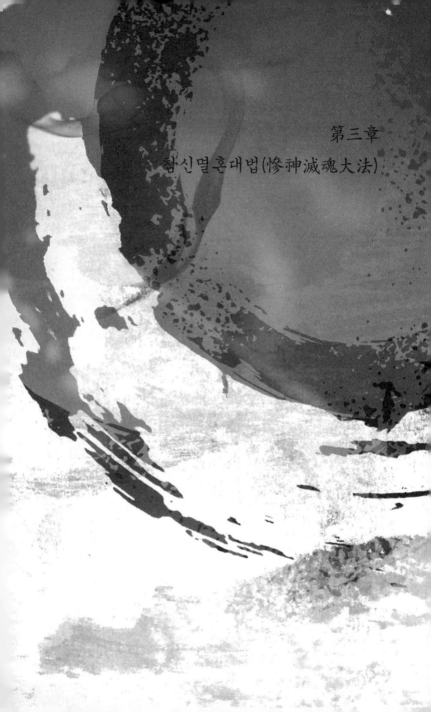

第三章

참신멸혼대법(慘神滅魂大法)

화운룡은 주대영의 어깨를 덥석 잡았다.

"큰형님! 그게 정말입니까?"

주대영은 흥분한 얼굴로 외치듯이 말했다.

"정말입니다. 제가 직접 본 것은 아니지만 봉아를 봤다는 목격자가 전서구를 보내왔습니다."

"누굽니까?"

"저는 반년 전부터 봉아의 전신(傳神: 초상화)을 수천 장 그려서 각 지역에 뿌렸습니다."

주대영은 옥봉이 악마도에 있다는 사실을 알기 훨씬 이전에 그녀의 전신을 수천 장 그려서, 천신국 각 지역에 퍼져 있는 해룡상단의 점포들을 비롯하여 해룡상단이 거래하고 있는 수백 군데의 점포들과 원거리 상단의 장사치들에게 두루 배포했다.

이후 옥봉이 악마도에 있다는 사실을 알게 되어 전신을 뿌린 일은 잊고 있었는데, 바로 어제 옥봉을 목격했다는 사람이 주대영에게 자세한 내용을 적은 전서구를 보낸 것이다.

"남천국에서 중원의 감숙과 산서 등지를 오가면서 장사를 하는 소상단의 장사치 무리인데 몽고대사막이 끝나는 지점에서 옥봉을 발견했다는 것입니다."

화운룡은 크게 흥분하여 숨을 쉬는 것조차 어려웠다.

"좀 더 자세히 말씀해 보십시오. 그 장사치들이 봉애를 어떻게 발견했다는 것입니까?"

"그들이 사막의 녹주(오아시스)로 찾아들었는데 그곳에 흑의를 입은 무리가 먼저 도착하여 쉬고 있었다는 겁니다."

"그래서요?"

"그 무리는 십여 명이었는데 양어깨에 이상하게 생긴 기형의 쌍도를 메고 있으며, 등 한복판에는 짧고 검은색의 단창을, 그리고 한쪽 어깨엔 활과 화살이 담긴 전통을 메고 있는데, 허리에는 검은색의 가죽 주머니를 찬 모습이었다고 합니다."

동혈대가 분명한 것 같다.

"자세히 봤군요."

화운룡은 그들이 사흘 전에 악마도를 떠났다는 동혈대가 분명할 것이라고 생각했다.

주대영은 적잖이 흥분했다.

"원래 장사치들의 눈은 맵습니다. 그런데 그들이 흑의인 무리 중에 앉아 있는 두 여자를 발견했으며 그녀들이 너무 아름다워서 시선이 저절로 향했다는 겁니다. 그중 한 명이 전신의 봉아가 틀림없다고 했습니다."

"아아……."

화운룡의 입에서 기쁨의 탄성이 저절로 흘러나왔다.

옥봉이 동혈대가 됐든, 기억이 사라지고 인성이 말살됐다고 하든 지니고 있는 아름다움은 어쩔 수 없이 드러날 수밖에 없는 것이다.

주대영의 목소리는 점점 열기를 더해갔다.

"장사치들은 열두 명이었는데 그들 중에 다섯 명이나 봉아를 확인했다고 하니까 틀림없지 않겠습니까?"

화운룡은 힘껏 고개를 끄떡였다.

"틀림없을 것입니다. 아아… 봉애가 살아 있다니 정말 꿈만 같습니다."

그의 얼굴은 기쁨으로 한껏 물들었다.

"그곳이 어디라고 합디까?"

"그곳 녹주에서 동남쪽으로 백여 리를 더 가면 있는 수원성(綏遠省)입니다. 장사치들이 일부러 시간을 끌면서 미적거리고 있는데 그들 무리가 떠났다고 합니다."

"그들이 간 방향을 보았답니까?"

"남쪽이었답니다."

동혈대가 북경이나 하남성을 목적지로 삼았다면 동남쪽으로 방향을 잡아서 산서성을 거쳐야만 한다.

그런데 남쪽으로 방향을 잡았다는 것은 수원성 남쪽의 섬서성으로 간다는 뜻이다.

섬서성 남쪽은 촉(蜀) 즉, 사천성(四川省)이고 거기에 천여황이 머물고 있다는 용황락이 있다.

용황락은 사천성 최남단 귀주성과의 접경 지역에 위치한 금불산(金佛山) 깊은 곳에 있다.

악마도의 성채에서 제압한 금투정령수는 동혈대가 용황락으로 갔다고 실토했는데, 그는 잘못 알고 있지 않았다.

무엇보다도 크나큰 소득은 옥봉이 살아 있다는 사실을 알게 됐다는 것이다.

화운룡은 서둘러 입구로 향했다.

"당장 출발하겠습니다."

"저희도 가겠습니다!"

주대영과 주화결이 동시에 소리치면서 뒤따랐다.

화운룡과 주대영, 주화결, 변섭이 오해란룡방 전문을 달려 나오는데 뜻밖에도 급히 들어오던 굴락과 마주쳤다.

"전하!"

　야말의 수하인 굴락이 야말은 어디에 두고 혼자 온 것인지. 화운룡은 불현듯 불길함이 스쳤다.

"무슨 일이냐?"

"총령사가 붙잡혔습니다!"

　굴락은 참담한 표정을 지었다. 굴락이 총령사라고 말하는 이는 남천국 유화현의 금투총령사 야말을 가리키는 것이다.

　촌각이 급한 상황이라서 화운룡은 눈살을 찌푸렸다.

"야말이 어쩌다가 누구에게 붙잡혔다는 말이냐?"

"저희들은 전하께서 말씀하신 천황파에 대해서 오란오달 내의 이곳저곳을 조사하고 있었는데, 갑자기 동천국 고수 수백 명이 덮치는 바람에 꼼짝 못 하고 제압되어 끌려갔습니다."

"동천국 고수라는 것을 어찌 아느냐?"

"오란오달 대로 한복판에서 동천국 투정수 복장을 하고 저희들을 덮쳤다면 동천국 고수 말고 누가 있겠습니까?"

　야말 등을 붙잡은 자들은 천황파일 가능성이 크다. 야말 등이 천황파에 대해서 알아내려고 여기저기 들쑤시고 다니다가 천황파 이목에 걸려들었던 모양이다.

화운룡 얼굴에 갈등의 기색이 어렴풋이 나타났다. 지금 이 순간 그의 마음은 그 어느 때보다도 조급했다.

옥봉이 살아 있다는 것과 그녀를 비롯한 동혈대가 용황락으로 향하고 있다는 사실을 알아냈기 때문에 한시바삐 추격해야만 한다.

지금이라도 굴락의 말 같은 것은 들을 필요도 없이 떨치고 가버리면 그만이다.

이대로 헤어지면 죽을 때까지 이들과 다시 만날 일은 결코 없을 것이다.

더구나 야말 등은 중원이 원수처럼 여기는 천외신계 적들이 아닌가.

"너는 어떻게 된 것이냐?"

하지만 화운룡은 그렇게 하지 못했다.

굴락은 착잡한 표정을 지었다.

"총령사와 동료들은 같이 행동하고 있었고 저는 총령사의 명령으로 따로 다른 것을 조사하다가 돌아와서 합류하려고 했는데, 그때 동천국 고수들이 나타나서 총령사와 동료들을 포위해서 공격하더니 제압해서 끌고 갔습니다."

굴락은 화운룡이 자신들을 버리고 떠날 것이라고는 눈곱만큼도 생각하지 않았다.

"이후에 제가 미행을 해보니까 그들은 동천내절대공전으로 들어갔습니다."

화운룡은 미간을 좁혔다.

"동절내신군의 궁전 말이냐?"

굴락은 힘껏 고개를 끄떡였다.

"그렇습니다."

굴락에게 화운룡은 상전 이상의 의미를 지닌 사람이다. 몽고대사막을 건널 때, 모래 폭풍이 몰아친 날 모래 속 깊이 파묻혀 죽어가고 있던 그를 발견하고 또 살려준 사람이 화운룡이었다.

화운룡은 눈살을 찌푸렸다. 동절내신군 도호반과 총관 사라달은 얼마 전에 화운룡과 함께 악마도에 다녀왔는데, 그의 궁전에서 나온 군사들이 야말 등을 잡아갔다는 것이다.

그 말인즉 동천내절대공전 내에 천황파가 침거하고 있다는 뜻이 아니겠는가.

그런 사실을 도호반은 꿈에도 모르고 있을 테니 그야말로 등하불명이다.

화운룡은 주대영과 주화결에게 말했다.

"형님들께선 들어가서 잠시 기다리십시오. 다녀올 곳이 있습니다."

촌각이 급한 상황에 화운룡이 다녀올 곳이 있다고 한다면 필경 중요한 일이라고 판단한 주대영과 주화결은 고개를 끄떡이고는 즉시 오해란룡방 안으로 들어갔다.

화운룡에게 야말이나 굴락 등은 적국의 고수가 아니라 그를 믿고 열심히 따라준 충직한 수하나 다름없었다.

그런 야말과 금투정수들을 버리고 간다면 옥봉을 조금 더 일찍 만날 수는 있을지언정 인간으로는 실격인 것이다.

화운룡의 말을 들은 도호반과 사라달은 크게 놀랐다. 그들은 설마 천황파가 동천내절대공전의 같은 지붕 아래 숨어 있을 줄은 꿈에도 몰랐다.

"즉시 색출하겠습니다."

"어떻게 색출할 생각이냐?"

화운룡의 물음에 도호반이 굴락에게 물었다.

"네 동료들을 잡아간 자들의 얼굴을 보면 알겠느냐?"

동절내신군 앞이라 굴락은 매우 공손했다.

"알아볼 수 있을 것입니다."

도호반은 두 손을 모으고 화운룡에게 공손히 말했다.

"전체 수하들을 대연무장에 모아놓고 이자가 놈들을 골라내면 될 것입니다."

"전체 수하가 몇 명이나 되느냐?"

"천오백 명쯤 됩니다."

동천내절대공전에 상주하고 있는 천오백여 명의 고수와 군사들을 대연무장에 다 모아놓고, 굴락이 그들 중에서 천황파를 골라내는 일은 시간을 많이 허비할 것이다.

뿐만 아니라 시간이 길어지면 천황파에게 다른 수작을 부릴 수 있는 기회를 제공하게 될 것이다.

"더 좋은 방법이 있다."

화운룡이 말하고 밖으로 걸어 나가자 도호반과 사라달, 굴락이 뒤따랐다.

화운룡은 대전을 나가 돌계단 위에 우뚝 서서 공력을 끌어올려 청력을 극대화시켰다.

도호반과 사라달은 화운룡이 무엇을 하려는 것인지 알아차렸으나 굴락은 왜 그런지 알지 못했다.

화운룡은 동천내절대공전 내에서 들려오는 모든 소리들을 흡수, 감지했다.

별별 오만 가지 소리와 기척들을 하나씩 빠르게 분석하던 그가 오래지 않아서 찾고 있던 소리를 골라냈다.

누군가를 고문하는 소리다. 구체적으로는 누가 천황파에 대해서 알아내라 명령을 했느냐고 다그치는 고함 소리다.

그러나 고함 소리인데도 불구하고 또렷하지 않은 점으로 미루어 꽤 먼 곳의 지하 밀실인 것 같았다.

"저쪽이다."

화운룡이 한쪽 방향으로 날아가자 도호반과 사라달, 굴락이 즉시 뒤따랐다.

도호반과 사라달은 몇 차례 경험을 통해서 화운룡의 초극적인 무위를 잘 알게 되었지만, 그가 이처럼 넓은 동천내절대공전 내에서 원하는 소리를 정확하게 감별해 내자 감탄을 넘어 경이로움마저 느꼈다.

화운룡은 동천내절대공전의 뒤쪽으로 쏘아갔다.

도호반과 사라달은 화운룡이 가고 있는 방향을 보고는 그가 뇌옥으로 가고 있음을 깨달았다.

즐비하게 늘어선 전각군의 맨 마지막 전각에서 오십여 장 길이의 마당을 지나면 밋밋한 구조의 단층 건물이 있는데 그곳이 뇌옥이다.

저만치 뇌옥 입구에 서 있는 두 명이 쏘아오고 있는 화운룡 등을 발견하고는 급히 뇌옥 문을 열어 안으로 들어가려고 했다. 아마 안쪽에 위험을 알리려는 것 같았다.

도호반이 재빨리 손을 뻗자 지공 두 줄기가 뿜어져서 뇌옥 안으로 들어가려던 두 명의 머리를 명중시켰다.

퍼퍽! 마당 중간 지점에서 지공을 발출했으니 족히 이십오 장 거리를 쏘아가서 머리를 명중시킨 것이다. 과연 절번다운 뛰어난 솜씨다.

화운룡이 거침없이 뇌옥 안으로 쏘아 들어가자 안쪽에 있던 고수 두 명이 달려오다가 그를 발견하고 어깨의 도를 뽑으려 했다.

그러나 두 명은 도를 뽑지도 못하고 화운룡의 무형강기에 맞아 거꾸러졌다.

퍼퍽!

[이쪽입니다.]

뒤따라 들어선 도호반이 전음을 보내더니 자신이 먼저 지하로 이어진 계단을 단숨에 날아서 바닥에 내려섰다.

지하에는 한쪽 방향으로 복도가 길게 뻗어 있고, 복도 왼쪽에는 철문이 굳게 닫힌 뇌옥들이 줄지어 늘어서 있으며 퀴퀴한 악취가 진동했다.

도호반이 선두로 복도를 쏘아가고 뒤이어서 사라달과 화운룡도 추호의 기척도 없이 복도를 쏘아가다가, 어느 뇌옥 앞에 멈추었다.

뇌옥의 철문이 활짝 열려 있어서 뇌옥 안의 광경이 일목요연하게 드러났다.

뇌옥 안에는 어떤 한 사람이 알몸으로 피투성이가 되어 벽에 세워져 있으며, 그 앞쪽에 세 명이 등을 보인 채 나란히 서서 지켜보는데 그중 한 명이 카랑카랑한 목소리로 말했다.

"누가 시켰는지 실토하면 곱게 죽여주겠다."

벽 앞에 서 있는 피투성이 사람은 두 팔이 위로 들려 있으며 손목에 쇠사슬이 묶여서 천장에 연결된 상태다.

"으으… 어서 죽여라……."

벽 앞에 서 있는 피투성이 사람이 짓이긴 듯한 목소리로 중얼거렸다.

그는 얼굴은 물론이고 온몸이 피범벅이어서 누군지 알아볼 수가 없을 지경이다.

하지만 뇌옥 밖에 서 있는 화운룡은 방금 전의 목소리를 듣고서 그가 야말인 것을 알았다.

"저놈 팔을 잘라라."

그때 서 있는 세 명 중에 팔짱을 끼고 있는 자가 말했다. 이들 세 명은 자신들의 뒤쪽에 화운룡 등이 있다는 사실을 추호도 모르고 있었다.

그러자 명령한 인물 옆에 서 있던 자가 여태껏 야말을 두들겨 팬 피범벅의 쇠몽둥이를 내려놓고는 품속에서 소도를 뽑아 야말에게 성큼성큼 다가갔다.

그자가 야말의 한쪽 팔을 잡아당기고 소도를 갖다 대자 팔짱 낀 자가 다시 한번 말했다.

"마지막 기회다. 누가 시켰는지 말해라."

"내가 시켰다."

그때 도호반이 뒤에서 불쑥 말하자 세 명이 놀라서 급히 뒤돌아보았다.

　　　　*　　　　　*　　　　　*

　세 명은 도호반을 발견하고 안색이 확 변했다.

　"앗! 시… 신군……!"

　그들은 크게 당황해서 허둥거리는 것 같더니 돌연 도호반을 향해 장풍을 뿜어냈다.

　콰우웅!

　세 명 중에 한 명은 존번 존왕이고 또 한 명은 금투총령사, 그리고 소도를 쥐고 있는 자가 금투정수이므로 그들 세 명의 합공은 산악을 무너뜨릴 기세다.

　도호반과 사라달이 즉시 합세하여 쌍장으로 반격했다.

　쩌러렁!

　"와악!"

　"우욱……."

　쌍방의 장력이 무섭게 격돌하자 금투정수가 입에서 피를 뿜으며 화살처럼 뒤로 날아갔고, 금투총령사는 뒤로 주르르 밀려나 등을 벽에 모질게 부딪쳤으며, 존왕은 어깨를 크게 흔들면서 다섯 걸음이나 물러났다.

　반면에 도호반과 사라달은 어깨가 크게 흔들렸을 뿐 제자리에 서서 아무렇지도 않았다.

금투정수는 날아가서 벽에 부딪쳤다가 바닥에 떨어져 몸을 푸들푸들 떨다 축 늘어졌다.

금투총령사는 뒤로 밀려나 등을 거세게 벽에 부딪쳤다가 그 자리에 주저앉았으며, 입에서 꾸역꾸역 검붉은 피를 마구 토해내고 혼절했다.

그리고 다섯 걸음 물러난 존왕은 두 팔이 부러질 듯이 뻐근하고 기혈이 마구 들끓는 터에 어찌 해볼 재간이 없어서 우두커니 서 있었다.

도호반이 재빨리 다가가서 존왕의 마혈을 제압했다.

화운룡이 천천히 존왕에게 다가가며 물었다.

"이자는 누구냐?"

"존동삼왕입니다."

"이자가?"

화운룡은 미간을 좁히고 존동삼왕이라는 자를 새삼스럽게 쏘아보았다.

북경 자금성에서 동초후가 알아낸 바에 의하면 천신국에 노예로 끌려간 옥봉이 배치된 곳이 존동삼왕의 궁전 내 주방이라고 했었다.

옥봉만이 아니라 비룡은월문의 많은 사람들이 존동삼왕의 궁전에서 노예 생활을 했을 것이다.

그랬다가 그곳에서 십오 세부터 삼십 세까지 젊은 사람들이 선택되어 악마도에 끌려갔다.

그런데 이제 보니까 존동삼왕이 바로 천황파의 일인이었던 것이다.

자신의 궁전에서 자기 소유의 노예들을 골라내는 일이었으니 얼마나 쉽고 간단했겠는가.

파파파파팟…….

"흐윽……."

그때 마혈이 제압된 존동삼왕의 얼굴과 상체에 무형지기 수십 줄기가 작렬했다. 화운룡이 잠혼백령술로 제압한 것이다.

이미 잠혼백령술에 제압된 상태인 도호반과 사라달은 존동삼왕도 방금 자신들과 똑같은 수법에 당했다는 사실은 꿈에도 몰랐다.

화운룡이 존동삼왕을 직접 심문했다.

"동혈대가 어디로 갔느냐?"

동혈대가 용황락으로 갔다는 사실을 알고 있지만 다시 확인하고 싶었다.

"여황이 있는 곳으로 갔습니다."

도호반과 사라달은 존동삼왕이 화운룡의 질문에 공손히 대답하는 것에 적잖이 놀랐다.

화운룡의 질문이 이어졌다.

"그곳이 어디냐?"

"사천성 금불산에 있는 용황락이라고 알고 있습니다."

"동혈대 말고 누가 갔느냐?"

"본혈대와 남혈대, 북혈대, 서혈대가 갔습니다."

"그들은 모두 몇 명이냐?"

"천칠백오십육 명입니다."

"그들은 여황을 죽이러 간 것이냐?"

"그렇습니다."

"동혈대 중에서 특정 인물을 다시 이곳으로 돌아오게 할 수 있느냐?"

화운룡은 옥봉을 돌아오게 하고 싶었다.

"그럴 수는 없습니다."

"어째서 그렇지?"

"전체 오혈대(五血隊)를 이끌고 계신 분이 절번이시기 때문에 수하인 저로서는 그럴 권한이 없습니다."

절번이라는 말에 도호반이 움찔 놀라서 급히 물었다.

"절번 누구냐?"

그러나 존동삼왕은 도호반의 물음은 듣지 못한 것처럼 묵묵부답이다.

잠혼백령술을 그에게 전개한 화운룡의 명령에만 따르기 때문이다.

이번에는 화운룡이 물었다.

"절번 누구냐?"

"본절외신군(本絶外神君)입니다."

도호반의 얼굴에 어이없는 표정이 가득 떠올랐다.

"그런 말도 안 되는……."

천신국의 네 개 국가 즉, 동천국, 남천국, 서천국, 북천국의 신조삼위인 초번, 절번, 존번은 각 번끼리 신분의 높고 낮음 없이 다들 평등하다.

일테면 초번은 초번끼리 절번은 절번끼리, 그리고 존번은 존번끼리 수평적인 관계라는 얘기다.

하지만 천여황이 통치하는 본신국은 천신사국하고는 다르다. 본신국의 초번 즉, 본초후는 다른 네 국가의 초후들을 거느리고 있다.

또한 본신국의 신군과 존왕들은 같은 등급인 네 국가의 신군들과 존왕들을 아래에 두고 있다.

그러므로 방금 존동삼왕이 말한 본절외신군은 네 국가의 여덟 명 신군들의 상전인 것이다.

그 본절외신군이 천신오국의 오혈대 천칠백오십육 명을 이끌고 천여황을 죽이러 용황락으로 향하고 있다는 것이다.

이쯤 되면 천신국의 내분에는 별 관심이 없는 화운룡으로서도 궁금한 것이 있다.

"천황이 누구냐?"

화운룡의 물음에 도호반과 사라달은 반사적으로 바짝 긴장하여 팽팽해졌다.

도호반과 사라달은 심중으로 한 인물을 떠올리고 있었다. 본신국의 본절외신군을 부릴 정도의 인물이라면 한 명밖에 없다고 생각하기 때문이다.

존동삼왕이 마침내 입을 열었다.

"청룡천제(靑龍天帝)님이십니다."

"……"

도호반과 사라달은 입을 커다랗게 벌리며 경악했다.

"그… 게 정말이냐?"

사라달의 물음에 존동삼왕은 대답하지 않았다. 사라달은 동천내절대공전의 총관이지만 존동일왕의 지위라서 동천국에 있는 십존왕 중에 서열 일 위다.

화운룡이 물었다.

"청룡천제가 누구냐?"

"좌호법님이십니다."

"좌호법……"

천황이 누구일 것이라고 짐작해 본 적이 없으며 관심도 없었던 화운룡이라서 별로 놀라지 않았다.

그러나 도호반과 사라달은 다르다. 그들은 내심 천황이 본신국의 제후인 천초후일 것이라고 짐작을 했었는데, 설마 좌호법이 청룡천제일 줄은 상상도 하지 못했다.

천신국의 서열 일 위는 천여황이고 이 위는 천황 제자들이며 삼 위가 좌우호법이다.

그들은 신조삼위나 색성칠위하고는 근본적으로 다른 천황족이다. 그 말인즉, 좌호법 청룡천제가 천여황과 같은 족속으로 천신국 최상위라는 뜻이다.

그런데 천여황의 분신인 좌우호법 중 좌호법이 반역 세력의 수괴(首魁)인 천황일 줄은, 도호반과 사라달로서는 꿈에도 상상하지 못한 일이었다.

"그럼 천초후는 뭐냐?"

도호반이 물었지만 존동삼왕은 대답하지 않았다.

도호반은 화운룡이 대신 존동삼왕에게 물어봐 주기를 바라는 듯 그를 바라보았다.

화운룡은 벽에 묶여 있는 피투성이 야말에게 걸어가면서 지나가는 말처럼 물었다.

"천초후는 천황파에서 무슨 신분이냐?"

"청룡천제님을 보필합니다."

청룡천제가 천황이니까 천초후는 이인자인 셈이다.

화운룡이 지나가는 말처럼 물었다.

"우호법은 천황파가 아니냐?"

"백룡천제(白龍天帝)님은 아닙니다."

화운룡이 가까이 다가가서 살펴보자 야말은 머리와 이마에서 피를 너무 많이 흘려 계속 눈을 덮고 있기 때문에 눈을 뜰 수가 없는 상태다.

그래서 머리를 이리저리 흔들어 피가 눈으로 흘러들지 못하도록 애를 쓰고 있는데도 뜻대로 되지가 않아서 여전히 눈을 뜨지 못했다.

야말이 눈을 뜨려고 애를 쓰는 이유는 화운룡의 목소리를 들었기 때문에 그를 보려는 것이다.

"전하… 전하이십니까……?"

억지로 눈을 뜬 야말은 눈으로 핏물이 마구 쏟아져 흘러드는데도 눈을 부릅뜨고 앞을 보려 애쓰며 물었다.

"야말."

화운룡이 안쓰러운 표정으로 야말의 얼굴에 손을 뻗자 부드러운 진기가 뿜어져 그의 얼굴에서 핏물이 말끔히 사라지게 만들었다.

사아아…….

갑자기 시야가 확 트인 야말은 눈을 껌뻑거리다가 눈앞에 서 있는 화운룡을 발견하고 눈을 한껏 부릅떴다.

"전하……."

목이 콱 막히고 그의 두 눈에 핏물 대신 뿌연 눈물이 가득 차올랐다.

화운룡은 손을 뻗어 야말의 두 손목에 묶인 쇠사슬을 가볍게 끊어주었다.

치칭…….

그리고 제압된 마혈을 풀어주자 야말이 쓰러질 것처럼 비틀거려서 화운룡이 안아 부축했다.

"흐윽… 전하……."

화운룡은 야말을 부축하여 바닥에 앉히고 그의 등에 손바닥을 밀착시켜 명천신기를 일으켜서 주입했다.

몇 시진 동안이나 금투정수에게 쇠몽둥이로 사정없이 두들겨 맞은 야말의 전신은 성한 곳이 손톱 크기만큼도 없을 정도로 만신창이였다.

화운룡이 명천신기를 주입한 지 다섯 호흡 정도 지나자 야말의 상처가 씻은 듯이 나았다.

그의 얼굴을 제외한 온몸은 여전히 피투성이지만 명천신기로 인해 긁힌 자국 하나 없이 상처들이 말끔히 치료되었다.

야말이 벌떡 일어나서 뇌옥 밖으로 달려 나가자 화운룡도 뒤따라 나갔다.

야말이 바로 옆 뇌옥의 굳게 닫힌 철문을 열어젖혔다.

그긍!

뇌옥 안 바닥에는 혈도가 제압된 야말의 수하 금투정수 여섯 명이 여기저기 쓰러진 채 눈을 껌뻑거리고 있었다. 아마도 그들은 야말 다음으로 고문을 당하게 되었을 터이다.

야말은 벌거숭이에 피투성이 몸으로 뇌옥에 뛰어들어 수하들의 혈도를 풀어주며 외쳤다.

"전하께서 우리를 구해주셨다!"

잠시 후 야말은 수하들과 함께 복도 바닥에 부복했다.

"전하의 은혜에 감사드립니다!"

"일어나라."

화운룡은 그들을 일어나게 한 후 야말에게 말했다.

"야말, 옷부터 입어라."

그때 뒤늦게 뇌옥으로 당도한 굴락이 지하 뇌옥 복도에서 달려오다가 야말과 동료들이 무사한 것을 보고 울컥하여 외침을 터뜨렸다.

"총령사!"

수하가 구해온 옷을 입고 있던 야말이 환하게 웃으며 굴락을 맞이했다.

"굴락! 네가 전하를 모셔왔구나! 네 덕분에 우리가 살았다!"

야말과 굴락 등은 화운룡에게 알리기만 하면 자신들이 살아날 것이라고 굳게 믿고 있었다.

화운룡은 혈도가 제압된 존동삼왕을 어깨에 메고 있는 사라달에게 지시했다.

"그놈을 내려놔라."

도호반이 공손히 말했다.

"이곳은 장소가 그러하니 제 거처로 가시지요."

화운룡은 고개를 가로저었다.

"여길 나가는 순간 여러 개의 눈들이 우릴 보게 될 것이고 그 사실은 곧장 천황파에 알려질 것이다."

도호반은 움찔하더니 가슴을 쓸어내렸다.

"그렇군요."

사라달이 메고 있던 존동삼왕을 복도 바닥에 내려놓고 나서 야말의 수하들에게 명령했다.

"너희들은 뇌옥 일 층의 시체들을 치우고 뇌옥 안팎을 경계하도록 해라."

야말이 굴락과 수하들을 이끌고 복도로 달려갔다.

화운룡은 존동삼왕에게 가장 중요한 것을 물었다.

"오혈대의 정신을 어떤 방법으로 제압했느냐?"

화운룡이 물었지만 도호반과 사라달도 그것이 매우 궁금했던 터라서 바싹 긴장했다.

"참신멸혼대법(慘神滅魂大法)을 썼습니다."

화운룡으로서는 처음 들어보는 말이지만 참신멸혼이라는 이름만으로도 섬뜩한 느낌이 들었다.

"맙소사……."

"그 악마의 대법을……."

도호반과 사라달은 아연실색하여 말을 잇지 못했다.

화운룡이 도호반에게 급히 물었다.

"그게 무슨 수법이냐?"

도호반은 착잡한 표정으로 마른침을 꿀꺽 삼켰다.

"그것은 한마디로 산 사람을 강시(殭屍)로 만드는 악독한 수법입니다."

"강시!"

화운룡은 움찔 놀라서 자신도 모르게 낮게 부르짖었다.

강시가 무엇인가. 죽은 지 오래된 시체에게 특수한 부적을 붙이거나 여러 사술을 발휘하여 마음대로 조종하는 사악한 수법이다.

그렇게 해서 만들어진 강시는 보통 도검으로 찌르거나 벨 수 없는 도검불침이 된다.

"이놈들……."

화운룡의 눈에서 새파란 안광이 뿜어지고 악다문 어금니 사이로 짓이긴 목소리가 새어나갔다.

죽은 지 오래된 시체로 강시를 만들어도 손가락질을 받아 마땅한 짓이거늘 살아 있는 사람을 강시로 만들다니. 그것은 절대로 용서받을 수 없는 천인공노할 만행이다.

화운룡은 천황파가 어째서 죽은 시체를 사용하지 않고 산 사람으로 강시를 만들었는지 이유를 생각해 내고는 분노로 주먹을 움켜쥐고 치를 떨었다.

"죽일 놈들……."

강시는 죽은 지 오래됐기 때문에 단지 딱딱한 나무토막이
나 쇠붙이를 부리는 것이나 다름이 없는 일이다.

하지만 살아 있는 사람에게 금지 수법을 사용하여 공력을
높이고 개세절학을 연마시켜서 차츰 강시화시킨다면 그야말
로 무적이 될 것이다.

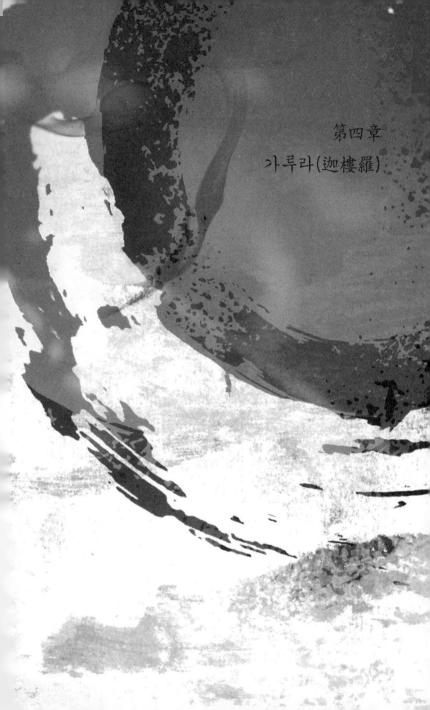

第四章

가루라(迦樓羅)

"참신멸혼대법이라는 것을 시술한 후에 완성되기까지 얼마나 걸리느냐?"

화운룡이 분노를 억누르려고 이를 갈 듯이 묻자 존동삼왕이 즉시 대답했다.

"빠르면 일 년이고 늦어도 이 년이면 완성됩니다."

"으음......."

화운룡은 자신의 짐작이 맞는 것을 확인하고 욕이 튀어나오려는 것을 겨우 참았다.

천황파는 무적고수들을 만들어내려고 산 사람들을 제물로

삼아서 강시로 만든 것이다.

오혈대가 완전한 강시가 되면 먹지도 않을 것이고 잠도 자지 않으며 오로지 명령에만 복종할 것이다.

그런데 참신멸혼대법을 산 사람에게 시술하면 빠르면 일 년이고 늦어도 이 년 안에 완전히 강시화가 된다고 한다.

옥봉이 동혈대가 된 지 일 년 두 달 정도 지났으니까 운이 나쁘면 이미 강시가 됐을 수도 있다는 뜻이다.

화운룡은 활화산처럼 터지려는 울화를 꾹꾹 눌러 참으면서 존동삼왕에게 물었다.

"참신멸혼대법을 해제하는 방법이 무엇이냐?"

이번에도 존동삼왕은 간단하게 대답했다.

"없습니다."

"없다고?"

"그렇습니다. 전혀 없습니다."

존동삼왕은 하지 않아도 될 대답까지 꼬박꼬박했다.

화운룡은 설마 했던 기대가 물거품이 되자 딛고 선 바닥이 푹 꺼지는 절망을 느꼈다.

"오혈대에 누가 참신멸혼대법을 시술했느냐?"

"천초후께서 하셨습니다."

"천초후가 직접 했느냐?"

"그렇습니다."

"오혈대가 몇 명이었느냐?"

"처음엔 일만 칠천팔백 명이었습니다."

"일만 칠천팔백 명을 천초후가 일일이 다 시술했다는 것이냐?"

"그렇습니다."

천초후가 일만 칠천팔백 명에게 일일이 참신멸혼대법을 시술했다는 것도 놀랍지만, 그 많은 수가 다 죽고 이제 겨우 천칠백오십육 명만 남았다는 사실이 더욱 놀라웠다. 그 정도로 고강한 무적강시들이 만들어졌다는 뜻이다.

참신멸혼대법이라는 것이 워낙 어렵고 비밀스러운 수법이기에 천초후가 직접 시술했을 것이다.

화운룡은 한 가닥 기대를 걸고 잠시 시간을 두었다가 진중하게 물었다.

"그렇다면 좌호법이나 천초후에겐 참신멸혼대법을 해제할 방법이 있지 않겠느냐?"

"제가 알기로는 그분들에게도 절대로 방법이 없습니다."

존동삼왕은 이번에도 자르듯이 단호하게 대답했다.

"정녕 해제할 방법이 없느냐?"

"정녕 없습니다."

뿌악!

"흐악!"

결국 화운룡이 참지 못하고 손을 뻗자 무형강기가 뿜어져서 바닥에 앉아 있는 존동삼왕을 짓이겨 버렸다.

존동삼왕은 사라지고 그 대신 바닥에 피와 살과 뼈가 짓뭉개진 검붉은 덩어리만 남았다.

화운룡이 오란오달을 떠난 지 닷새째.

그는 하루에 천 리에서 천오백여 리를 달려서 감숙성 남쪽 매록산(梅鹿山)에 이르렀다.

감숙성의 남쪽은 청해성과 사천성 세 개 성에 걸친 광대한 산악 지대로서 평균 고도가 무려 구천 척에 이를 정도로 높고 험준하다.

깊은 밤 화운룡은 삐죽삐죽한 바위투성이인 곳에 모닥불을 피워놓고 휴식을 취하고 있는 중이다.

타닥타닥…….

모닥불이 타오르면서 사방으로 튀는 작은 불꽃을 물끄러미 바라보던 그는 문득 생각난 듯 손에 쥐고 있는 술 호로병을 입으로 가져갔다.

꿀꺽꿀꺽…….

독한 화주를 쉬지 않고 한동안 마시다가 입을 뗐다.

"크으으……."

손등으로 입을 문지르는 그의 얼굴이 일그러졌다. 화주가

독해서가 아니라 그리움이 사무치기 때문이다.

이렇게 휴식을 취하고 있을 때면 옥봉이 너무나도 그리웠다. 그녀가 보고 싶어서 숨이 턱턱 막혔다.

그러다가 그녀가 인성이 말살된 강시가 됐을지도 모른다는 생각을 하면 심장이 조각나는 것처럼 괴로웠다.

거기에 생각이 미치면 이렇게 앉아서 잠시 쉬는 것마저도 옥봉에게 죄스러운 마음이 든다.

하지만 무턱대고 용황락으로 달려가는 것만이 능사가 아니다. 동천국 오란오달을 출발한 그는 하루에 천 리에서 천오백여 리를 닷새나 달려왔다.

당금 천하에 하루 천 리에서 천오백여 리나 달릴 수, 아니, 날아갈 수 있는 사람은 손가락으로 꼽을 정도일 것이다.

화운룡으로서는 더 힘을 내서 달린다면 하루에 몇백 리를 더 달릴 수 있을 터이다.

하지만 그렇게 되면 이슬비에 옷이 젖는 것처럼 조금씩이나마 점점 공력이 허비될 것이며, 정작 옥봉을 비롯한 오혈대와 마주쳐서 중요한 싸움을 해야 할 때에는 제 위력을 발휘하지 못해서 일을 그르칠 수도 있다.

그래서 그걸 염려하여 최대한 공력을 비축하고 있는 것이다.

그런데 술이 떨어졌다.

툭······.

화운룡은 씁쓸한 얼굴로 빈 술 호로병을 바닥에 던지고 나서 그 자리에 벌렁 누워 두 팔을 머리 뒤로 돌려서 팔베개를 만들었다.

오늘 하루 종일 쉬지 않고 달려오느라 아무것도 먹은 것이 없지만 허기는 별로 느끼지 못했다.

그러나 술이 떨어진 것은 못내 아쉬웠다. 쉬지 않고 달리는 데 열중하느라 마을에 들러서 술을 충분히 확보하지 못한 것이 후회스러웠다.

마을이 너무 먼 곳에 있어서 그곳에 들러 술을 사면 시간이 많이 지체될 것을 염려했었는데 지금 생각하니 시간이 지체되더라도 술을 샀어야 했다.

술이 마시고 싶어서가 아니라 술을 마시지 않으면 옥봉 생각이 너무 나서 견딜 수가 없기 때문이다.

잠시라도 눈을 붙이려고 누웠으나 잠은 오지 않고 눈만 말똥거렸다.

밤하늘에는 마치 은모래를 뿌려놓은 것처럼 수많은 별들이 떠서 저마다 반짝거렸다.

그러고는 거기에 기다렸다는 듯이 잔별들이 모여들어 옥봉의 아름다운 얼굴을 만들어냈다.

"용공……."

옥봉은 모습이 나타난 것만 아니라 사근사근한 목소리로 화운룡을 부르기까지 했다.

애잔하면서도 사랑이 가득 넘치는 목소리다.

"봉애……."

수많은 별들이 만든 옥봉의 얼굴은 하얗게 반짝거렸다.

"어째서 소녀를 구해주지 않으시나요?"

"봉애……."

옥봉의 말에 화운룡은 가슴이 찢어지는 것 같아 두 눈에 눈물이 저절로 가득 차올랐다.

옥봉이 더없이 슬픈 얼굴로 말했다.

"용공, 어서 소녀를 구해주세요. 악마가 소녀를 잡아먹으려고 해요. 너무 무서워요."

"봉애, 조금만 기다려라. 내가 반드시 구해주마……."

누워 있는 화운룡의 두 뺨으로 굵은 눈물이 흘러내렸다. 무슨 일이 있어도 절대로 울지 않는 그이지만 지금은 옥봉이 너무 그립고 안타까워 온몸이 으스러질 것만 같아서 저절로 눈물이 솟구쳤다.

그런데 그때, 갑자기 밤하늘에 떠 있는 옥봉의 얼굴이 사라졌다. 아니, 무언가 옥봉을 가려 버렸다.

"……."

화운룡은 상체를 벌떡 일으켜서 앉아 눈을 크게 뜨고 밤하늘을 올려다보았다.

꾸악!

밤하늘에서 느닷없이 귀를 찢는 듯한 괴성이 터졌다.

화운룡은 벌떡 일어섰다. 옥봉의 얼굴을 가리고 괴성을 터뜨린 것이 무엇인지 알아차렸기 때문이다.

밤하늘에 떠 있는 것은 놀랍게도 거대한 괴물체, 아니, 대붕(大鵬)이었다.

전각 한 채 지붕과 맞먹는 어마어마한 크기의 대붕이 밤하늘에 날개를 잔잔한 물결처럼 천천히 흔들면서 정지 비행을 하고 있는 것이다.

화운룡은 저 대붕을 이 년 전에 한 번 본 적이 있고 죽이기까지 했었다. 사부 솔천사를 찾으려고 절강성 괄창산에 갔을 때 솔천사를 합공한 십존왕의 수하들이 타고 있었던 바로 그 대붕이다.

그 대붕이 어째서 한밤중에 화운룡이 있는 곳 밤하늘에 나타났는지 모를 일이다.

그러나 어쨌든 천외신계 대붕이므로 천외신계 고수들이 타고 있을 것이고, 그것이 화운룡 앞에 나타났다면 좋은 뜻으로 왔을 리가 없다.

"전하!"

화운룡이 대붕을 상대하려고 공력을 끌어 올리려고 할 때 밤하늘에서 누군가의 외침이 들렸다.

'야말?'

야말 목소리다.

"야말이냐?"

"그렇습니다. 저희들입니다."

야말의 기쁨에 찬 목소리가 들리더니 대붕이 갑자기 수직으로 쑥 하강했다.

쏴아아… 쏴아아…….

대붕이 커다란 날개를 퍼덕이면서 하강하자 잔잔한 파도 소리가 흘러나왔다. 커다란 날개를 퍼덕이는 것치고는 거의 소리가 나지 않았다.

대붕은 화운룡에게서 멀지 않은 곳에서 거대한 덩치에 비해 사뿐히 내려앉았고 등에 타고 있던 야말과 굴락, 주대형, 주화결이 뛰어내렸다.

"전하!"

"주군!"

화운룡은 주대형과 주화결을 발견하고 깜짝 놀랐다. 두 사람과 같이 가면 지체될 것 같아서 떨어뜨리고 왔는데 야말과 같이, 그것도 대붕을 타고 올 줄은 몰랐다.

"형님들!"

화운룡은 야말과 주대영 등을 번갈아 쳐다보았다.

"어떻게 된 겁니까?"

주대영이 야말과 굴락을 가리켰다.

"저 사람들이 오해란룡방에 있는 우리를 찾아와서 주군께 가는데 같이 가자고 했습니다."

화운룡이 대붕을 쳐다보자 야말이 조금 의기양양한 얼굴로 설명했다.

"이 녀석은 천신국의 영물인 가루라(迦樓羅)입니다. 하루에 만 리를 날아가고 입에서 불을 뿜으며 백만 년 동안 사는데 그 무엇으로도 죽일 수가 없는 불사조(不死鳥)입니다. 중원에서는 금시조(金翅鳥)라고 부른다는군요."

화운룡이 엷은 미소를 지었다.

"나는 이 년 전에 저 녀석 몇 마리를 죽인 적이 있으니까 불사조는 지나친 말인 것 같다."

"아! 전하께서 죽이신 것들은 대묘붕(大妙鵬)이라고 하는데 가루라에 비해서 크기가 절반밖에 안 되고 모든 점들이 비교가 안 됩니다."

"그런가?"

그러고 보니까 가루라는 예전에 화운룡이 봤던 대붕하고는 모습이나 크기가 사뭇 다르다.

대붕, 아니, 대묘붕은 거대한 독수리와 학이 뒤섞인 모습이었는데 가루라는 몸이 은은한 금빛이며 이마 한복판에 뿔이 솟았고 두 눈은 용광로의 거센 불길처럼 이글거렸다.

화운룡이 야말에게 물었다.

"두 분 형님을 모시고 온 것이냐?"

주대영과 주화결을 데려다주러 일부러 여기까지 온 것이냐고 묻는 것이다.

야말이 공손히 대답했다.

"저희들이 전하를 도우려고 왔습니다."

"너희가 무엇으로 날 돕는다는 것이냐?"

야말이 가루라를 가리켰다.

"명령만 하시면 가루라가 오혈대가 있는 곳을 하루 만에 찾아낼 것입니다."

"하루 만에?"

"그렇습니다. 가루라는 하루에 만 리를 날 수 있으며 천 장 높이 하늘을 날면서, 명령하는 것이면 어떤 것이라도 찾아낼 수 있습니다."

화운룡이 조금 놀라는 얼굴로 가루라를 쳐다보자 야말이 설명을 이었다.

"가루라가 비행하는 동안 전하께선 가루라 등에서 편히 휴식을 취하십시오."

화운룡은 이 년 전에 봤던 대묘붕이라고 하는 대붕 등에 천외신계 고수 십오륙 명이 타고 있었던 것을 기억해 냈다. 대 묘붕이 그 정도로 크다는 뜻이다.

그런데 가루라는 대묘붕보다 두 배 이상 거대하니까 얼마 나 큰지 짐작할 수가 있다.

화운룡이 가루라 등에서 편하게 휴식을 취하는 동안 가루 라가 오혈대를 찾아낸다면 그것만으로도 큰 도움이다.

그때 가루라의 등에서 짤랑짤랑한 여자 목소리가 들렸다.

"전하! 여기에 술도 갖고 왔어요!"

화운룡이 쳐다보니까 가루라 등에 두 여자의 모습이 보이 는데 다름 아닌 이시굴과 소노아다.

그녀들이 손에 술병을 쥐고 찰랑찰랑 흔들어 보이고 있는 데 화운룡은 그녀들보다 술이 더 반가웠다.

가루라의 등이 얼마나 넓은지 두 소녀의 모습이 넓은 마당 에 핀 두 송이 꽃처럼 보였다.

*   *   *

펄럭……

가루라가 거대한 날개를 흔들어 밤하늘로 비상하는데도 날개는 심하게 퍼덕이지 않고 두어 번 가볍게 일렁거리듯이 흔들렸을 뿐이다.

가루라 등에 올라탄 화운룡은 그곳에 펼쳐져 있는 뜻밖의 광경에 조금 놀라면서도 어이없는 표정을 지었다.

가루라의 등은 예상했던 것보다 훨씬 크고 넓어서 웬만한 거실 두 개를 합쳐놓은 크기였다.

더구나 가루라 등에는 어이없게도 나지막한 집이 한 채 지어져 있었다.

허리를 조금 숙이고 들어가야 하지만, 사방에 타원형의 둥글고 낮은 벽이 둘러쳐져 있으며 지붕이 있어서 바람은 물론 비도 막을 수가 있는데 벽이나 지붕의 재질이 모두 천으로 이루어져 있다.

그리고 바닥에는 두툼한 융단(絨緞)이 푹신하게 깔렸으며 낮은 앉은뱅이 모피 의자가 빙 둘러 십여 개나 놓여서 아늑하기 짝이 없다.

화운룡이 신기한 듯이 둘러보자 야말이 설명했다.

"벽과 지붕은 서로 연결되었으며 가루라의 몸통에 여러 가닥의 밧줄로 단단하게 묶여 있습니다."

"어떻게 이걸 갖고 온 것이냐?"

"동절내신군께서 가루라를 내주셨습니다. 원래 동천국에서 가루라를 갖고 있었습니다."

푹신한 모피 의자에 파묻히듯이 앉은 화운룡이 물었다.

"가루라는 무엇에 사용하느냐?"

"여황 폐하의 전유물이십니다."

"그런데 이렇게 사용해도 되느냐?"

이시굴과 소노아가 화운룡 앞에 납작한 탁자를 놓고 거기에 갖고 온 요리와 술을 차렸다.

"천황파의 오혈대가 여황 폐하를 찬시(簒弑)하는 것을 막는 일이므로 사용해도 된다고 동절내신군께서 말씀하셨습니다. 그리고……."

야말이 말을 이었다.

"동절내신군께서는 고수들을 이끌고 곧 뒤따라오겠다고 말했습니다."

"쉽지 않을 게야."

야말은 화운룡의 말이 무슨 뜻인지 안다. 누가 천황파인지 여황파인지 구별도 하지 못하는 상황인데 어느 세월에 여황파 고수들을 골라서 이끌고 온다는 말인가.

설혹 최대한 빠르게 여황파 고수들을 모을 수 있다고 하더라도 이쪽 상황이 다 끝난 후에나 가능할 것이다.

그러니까 현재로써 동절내신군 도호반이 믿을 수 있는 사람은 오로지 화운룡 한 사람뿐이다. 그래서 가루라까지 선뜻 내준 것이다.

어쨌든 화운룡은 도호반의 원군 같은 것은 애당초 기대하지도 않았을뿐더러 설사 원군이 온다고 해도 외려 귀찮기만

할 뿐이다.

어쨌든 화운룡으로서는 가루라를 이용하면 편하고도 빠르게 오혈대를 따라잡을 수 있게 돼서 잘된 일이었다. 또한 술을 더 마실 수 있게 되어 무엇보다 좋았다.

화운룡이 모두를 불렀다.

"형님들, 이리 오십시오. 야말, 굴락. 너희들도 와서 같이 마시자."

본디 술은 여럿이 같이 마셔야 맛있는 법이다.

사실 화운룡은 가루라가 하루 만에 오혈대를 찾아낼 것이라는 야말의 말을 그다지 믿지는 않았다.

내심으로는 믿고 싶으나 현실적으로 그러지 못할 것이라고 생각했기 때문이다.

그가 노숙을 했던 매록산에서 용황락이 있는 사천성 남쪽지방 금불산까지는 사천여 리의 먼 거리다.

더구나 오혈대가 금불산까지 어느 길로 갔는지 어떻게 알고 추격하여 찾아낸다는 말인가. 그것도 단 하루 만에 찾는 것은 불가능한 일이다.

그런데 화운룡의 그런 생각을 비웃기라도 하듯이 가루라는 오혈대를 정확하게 찾아냈다. 그것도 채 하루가 되기도 전에 말이다.

"오혈대가 보이십니까? 더 낮게 비행할까요?"

화운룡이 뚫어지게 지상을 주시하고 있는데 야말이 조심스럽게 말했다.

[이제부터는 모두 전음으로 말하십시오.]

화운룡이 전음으로 주의를 주었다.

현재 가루라는 지상에서 천여 장 상공을 비행하고 있다. 그 정도 높이에서 지상의 사람은 아예 보이지도 않으며, 야말 정도의 고수가 공력을 극한으로 끌어 올려서 봐도 사람의 용모를 구별할 수가 없다.

더구나 지금은 느린 속도로 비행하고 있는 가루라 아래쪽으로 꽤 넓은 구름층이 형성되어 있어서 아예 아무것도 보이지 않는 상황이다.

그렇지만 화운룡의 눈에는 지상의 상황이 일목요연하게 아주 잘 보였다. 그의 능력은 구름층을 투과할 수 있다.

지금 화운룡이 눈도 깜빡이지 않고 주시하고 있는 것은 지상의 험준하고 울창한 산악 지대를 날렵하고도 쾌속하게 쏘아가고 있는 일단의 무리 모습이다.

그들의 모습을 눈으로 좇고 있는 화운룡이 전음으로 주대영에게 물었다.

[큰형님, 양어깨에 이상하게 생긴 기형의 쌍도, 등 한복판에

는 짧고 검은색의 단창, 그리고 한쪽 어깨에 활과 화살이 담긴 전통을 메고 있는 자들인데 맞습니까?]

주대영이 뿌린 전신을 소지한 장사치들이 몽고대사막 남쪽의 녹주에서 휴식을 취하고 있는 옥봉을 비롯한 동혈대 무리를 발견하여 묘사했던 모습이다.

주대영이 급히 화운룡 옆으로 다가왔다.

[맞습니다. 찾았습니까?]

[저 아래에 있습니다.]

[그렇습니까?]

주대영은 흥분과 긴장을 억누르고 화운룡 옆에 바짝 붙어서 아래를 뚫어지게 주시했지만 자욱한 구름에 가려서 아무것도 보이지 않았다.

그가 의아한 얼굴로 자신을 쳐다보자 화운룡이 가볍게 고개를 끄떡였다.

[저 아래 산중에서 열 명이 남쪽으로 가고 있습니다.]

주대영이 다시 아래를 쳐다보면서 공력을 끌어 올려 안력을 돋우었지만 보이지 않는 것은 마찬가지다.

[그렇지만 저들 중에 봉애는 없습니다.]

화운룡은 자신이 발견한 무리가 오혈대의 후미일 것이라고 짐작하지만 정확한 확인이 필요했다.

[야말, 백 리쯤 북쪽으로 되돌아가자.]

화운룡의 말이 떨어지기 무섭게 야말은 가루라를 조종하여 북쪽으로 비행하게 했다.

가루라를 조종하는 데에는 달리 특별한 방법 같은 것이 있는 게 아니라, 그냥 가루라에게 말로 명령을 하면 알아듣고 그대로 따랐다.

반시진 후에 화운룡은 아까 처음으로 발견했던 열 명의 오혈대를 다시 찾아냈다.

그가 짐작했던 대로 그 무리는 오혈대의 후미가 맞았다. 북쪽 백여 리 지점부터 샅샅이 훑으면서 남쪽으로 내려왔는데 다른 오혈대 무리는 아무도 없었다.

그렇다면 이제부터 가루라를 남쪽으로 느리게 비행하게 해서 후미에서부터 한 무리씩 차근차근 살피면 된다.

[야말.]

화운룡은 야말에게 가루라를 어떻게 비행시켜야 하는지 자세히 지시했다.

한 시진 후에 어둠이 찾아왔지만 화운룡은 옥봉을 찾는 일을 멈추지 않았다.

어두워졌는데도 오혈대는 이동을 멈추지 않고 산악지대를 계속 남행하고 있는 중이다.

지금 화운룡이 추격하고 있는 무리가 오혈대 중에 남혈대인지 동혈대인지 그런 것은 알 수가 없다.

그렇지만 아까 후미의 오혈대 열 명을 최초로 발견한 이후 가루라를 타고 천천히 남쪽으로 비행하면서 눈에 불을 켜고 다른 오혈대를 찾아봤으나, 지금까지 열 명씩 열 개의 무리, 백 명을 찾아낸 것이 전부다.

이 일대에는 열 명씩 열 개의 무리 말고는 더 이상 없다. 주위 백여 리 일대를 샅샅이 뒤졌지만 다른 오혈대는 한 명도 보이지 않았다.

'최소 단위 열 명을 한 개 조로 하여 백 명씩 묶어서 각각 다른 방향으로 용황락에 가도록 한 것 같다.'

그렇다면 오혈대 전체가 천칠백오십육 명이니까 백 명씩 한 개 단(壇)으로 묶어서 최소한 십칠 개 단이 십칠 개 방향에서 개별적으로 이동을 하고 있다는 얘기가 된다.

현재 하나의 단을 찾았으니까 다른 십육 개 단을 더 찾아야 한다.

[야말.]

화운룡은 자신이 추측한 내용을 야말에게 설명하고 십육 개 단을 더 찾아야 한다고 덧붙였다.

[알았습니다.]

가루라가 사람이라면 야말에게 설명하듯이 설명하면 알아

서 찾아갈 텐데, 과연 야말이 가루라에게 어떻게 명령을 할지 궁금했다.

"전하의 말씀을 들었느냐?"

그런데 야말이 가루라의 길쭉한 목 쪽으로 가서 토닥거리며 조용한 목소리로 말했다.

쿠르르……

그러자 가루라가 낮은 울음소리를 냈다.

야말이 화운룡을 보면서 싱긋 웃었다.

"알았답니다."

"그러면 되느냐?"

"말씀드렸지 않았습니까? 가루라는 사람 말을 다 알아듣는다고 말입니다."

야말은 가루라의 목을 쓰다듬었다.

"가자, 건곤(乾坤)."

야말의 말이 끝나자 가루라는 밤하늘을 크게 선회하여 다른 방향으로 날아갔다.

가루라의 이름이 건곤인 모양인데 잘 어울리는 이름이다.

*   *   *

휘영청 둥글고 밝은 보름달이 호수에 떠 있다.

보름달은 밤하늘에 떠 있는데 거울처럼 맑고 잔잔한 호수의 수면에도 떠 있다.

그 수면의 달을 아까부터 오랫동안 하염없이 바라보고 있는 두 사람이 있다.

호수의 한가운데에는 한 채의 누각이 있으며 그곳에서 아름다운 두 여자가 눈도 깜빡이지 않고 수면의 달을 그윽하게 응시하고 있다.

누각은 삼 층이며 둘레 이십여 장의 아담한 크기에 어느 층이나 벽이 없는데, 나지막한 나무 의자가 층마다 빙 둘러 있고 의자 위에 격자의 낮은 난간이 있다.

누각 삼 층 난간가 의자에 연종초가 앉아서 물끄러미 수면의 달을 굽어보고 있으며, 세 걸음쯤 떨어진 곳 난간가에 서 있는 연군풍도 수면의 같은 달을 응시하고 있다.

하늘 아래 그 무엇과도 비교할 수 없을 정도로 아름다운 미모를 지닌 연종초의 커다란 두 눈에는 심연 같은 슬픔이 깊게 드리워져 있다.

그 슬픔은 일 년 반 전 어느 날 강소성 태주현 북쪽 동태하라는 강에서 느닷없이 그녀에게 찾아들었다.

천신국이 천신대계를 실행하는 과정은 매우 순조로웠다.

천여황의 명을 받든 천초후를 비롯한 오초후 다섯 명은 각자 맡은 바 임무를 충실히 다해 천하를 파죽지세로 짓밟고

장악해 나갔다.

그러다가 어느 날부터인가 천여황에게 여기저기에서 보고가 들어왔다.

중원의 태양 같은 위대한 인물과 그가 이끄는 세력이 곳곳에서 천신대계를 방해하고 있다는 내용의 보고였다.

그 인물은 비룡공자라고 하며 그가 이끄는 세력은 비룡은월문이라고 했다.

천여황은 몸소 수천 명의 천신국 고수들과 수만 명의 천외신군을 이끌고 비룡은월문을 섬멸하러 강소성 남쪽 지방 태주현이라는 곳으로 향했다.

그곳 동태하에서 천여황은 놀라운 광경을 목격했다. 비룡은월문이 있다는 백암도라는 섬 전체에 전설의 진 명계가 펼쳐져 있는 광경을 발견했던 것이다.

천여황은 비룡공자가 백암도에 명계를 펼쳤다는 사실을 알게 되었으며, 수하들로부터 들은 보고나 소문보다 그가 훨씬 더 대단한 인물이라서 제거할 수밖에 없다는 결론을 내렸다.

그런데 예상 밖으로 비룡은월문을 아주 손쉽게 장악했으며, 이후 그곳에 있는 채 삼백 명도 안 되는 고수들은 모두 죽이고, 성에 있던 사람 수천 명을 모두 천신국으로 끌고 가라고 명령했다.

이후에 비룡공자가 정예고수들을 이끌고서 배를 타고 비룡은월문으로 오고 있다는 보고를 받은 천여황은 직접 수천 고수와 수만 명의 군사들을 이끌고 비룡공자를 맞이하러 나갔다.

그녀는 진두지휘하여 포위망에 걸려든 비룡검수들을 무차별 도륙했다.

그 과정에 누군가 배후에서 급습하는 것을 감지한 그녀는 돌아보기도 전에 전력으로 강기를 발출했다.

두 줄기 강기가 격돌하는 순간 그녀는 한 사내가 입과 코에서 피를 쏟으면서 퉁겨 날아가는 모습을 발견했다.

그리고 찰나의 순간 그 사내의 얼굴을 똑똑히 보았다. 그런데 그는 그녀가 생애 처음으로 사랑하게 된 정인(情人)이었다.

절대로 잘못 보지 않았다. 잘못 볼 리가 없다. 얼마 전에 그녀의 마음을 송두리째 빼앗아가고 순결까지 가져간 그토록 잘생긴 정인의 모습을 어찌 잊을 수 있겠는가.

그녀가 혼비백산하여 넋을 잃고 있는 사이에 정인은 강물 속으로 깊숙이 빠져들었다.

잠시 후에 소스라치게 놀라 정신을 차린 그녀가 이성을 잃고 울부짖으며 강물 속으로 뛰어들었으나 정인은 그 어디에서도 찾을 수가 없었다.

그녀는 동태하에서의 싸움이 끝나고 나서야 정인이 비룡공자라는 사실을 알게 되었다.

그리고 그 어이없는 싸움을 끝내고 혼이 반쯤 나간 상태로 북경에 돌아왔을 때 그녀를 기다리고 있는 것은 얼마 전에 비룡공자에게 대군을 깡그리 잃고 그의 자비로 겨우 목숨만 부지한 채 돌아온 서초후였다.

서초후는 비룡공자가 천여황에게 전하는 말을 토씨 하나 틀리지 않고 전해주었다.

"천여황에게 전하라. 사련봉애(思戀鳳愛)의 주인이 경고하노니 비룡은월문을 비롯한 평화 지역을 건드리지 말라고 하라."

그 말을 듣고서야 비로소 천여황은 자신의 정인 화운룡이 비룡공자인 동시에 용황락의 주인인 십절무황이며 미래에서 왔다는 사실을 알게 되었다.

"내가 미쳤지……."

눈도 깜빡이지 않고 수면의 보름달을 응시하고 있는 연종초의 새빨간 입술 사이로 문득 중얼거림이 흘러나왔다.

第五章

천하보다 더 큰 존재

　오랜만에 흘러나온 말에 연군풍은 깜짝 놀라서 연종초를 쳐다보았다.

　'미쳤다'라는 말에 놀란 것이 아니라 연종초가 너무도 오랜만에 불쑥 말을 했기 때문에 놀란 것이다.

　이곳 용황락에 온 지 일 년이 넘었지만 이제껏 연종초가 한 말을 다 합치면 백 마디도 되지 않을 것이다. 그 정도로 그녀는 입을 굳게 닫은 채 살고 있었다.

　그러다가 아주 가끔 입을 열면 방금 전 같은 '내가 미쳤지'라는 식의 자조적인 말이 대부분이었다.

"하아아… 천하제패가 다 뭐라고……."

연종초는 한숨을 길게 내쉬면서 탁자로 손을 뻗었다.

그녀의 섬섬옥수가 술잔을 잡더니 단숨에 비우고 빈 잔을 탁자에 내려놓았다.

탁자에는 그녀가 좋아하는 몇 가지 요리가 있지만 그녀는 손도 대지 않고 술만 마셨다.

'천하제패가 다 뭐라고'라는 말도 그녀가 이따금 하는 말 중에 하나다.

하루 종일 한마디도 하지 않는 날이 허다한데 그래도 오늘은 말을 많이 하는 편이다.

쪼르르…….

연군풍은 빈 잔에 다시 향기로운 술을 따랐다. 이 술은 그녀가 즐겨 마시는 몇 가지 술 중에 하나인 고정공주라는 이름을 갖고 있다.

연종초의 제자인 연군풍은 사부가 왜 이곳에 와서 일 년 넘게 이러고 있는지 정확한 이유를 모른다.

다만 지난 일 년이 넘는 동안 지금처럼 연종초가 무심코 내뱉은 반복적인 몇 마디 중얼거림을 토대로 한 가지 가설을 세울 수 있었을 뿐이다.

사부 연종초는 천신국의 여황인 천여황이 아닌 일개인의 신분 천상절미 연종초로 중원을 주유하던 중에 우연히 한 남자를 만나서 깊이 사랑하게 되었다.

이후 어떤 피치 못할 일로 그 남자를 죽이게 됐으며 그 일 때문에 너무 괴로워한 나머지 세상과 단절하여 이곳에 들어와 일 년 넘게 살아가고 있는 중이다.

그 남자가 누군지는 모르지만 연종초가 가끔 '운룡'이라고 중얼거렸기에 그의 이름이 '운룡'일 것이라고 짐작했다.

연군풍은 사부 연종초가 운룡이라는 남자를 얼마나 깊이 사랑했는지 짐작할 수 있을 것 같았다.

운룡을 만나기 전에 연종초는 오로지 선대 때부터의 숙원이던 천하제패만이 필생의 목표였다.

그래서 그녀는 여황에 즉위하면서부터 침식을 잊고 천하제패의 계획을 짜고 실행하는 일에 전념했다.

그런데 막상 모진 노력과 고생 끝에 천하제패의 찬란한 목적을 이루었는데도 그녀는 기뻐하기보다는 사랑하는 남자 운룡을 잃은 슬픔과 자신의 손으로 죽였다는 죄책감에서 헤어나지 못하고 있는 것이다.

그것은 곧 그녀에게는 운룡이라는 남자가 차지하는 비중이 천하제패보다 훨씬 크다는 뜻이다.

그 남자를 얼마나 깊이 사랑했으면 평생, 아니, 십 대(代)가 훨씬 넘는 선대로부터의 숙원인 천하제패를 이룩한 기쁨마저도 말살될 정도이겠는가.

이곳에서 연종초와 연군풍 사제지간의 하루 일과는 변함없이 매일 똑같았다.

연종초는 밤낮없이 거의 하루 종일 술에 취해 있으며 술에 취하지 않은 시간이 없다.

이곳 용황락에는 세 사람만이 생활하고 있다. 연종초와 연군풍, 그리고 우호법인 백룡천제다.

용황락에서 세 사람의 역할은 딱 정해져 있는데 지극히 단조로우면서도 간단하다.

연종초는 밤낮없이 술을 마시고, 연군풍은 그런 연종초를 그림자처럼 호위하는데 적으로부터의 호위가 아니라 술을 따르거나 잔심부름을 하는 일이 전부다.

그리고 천신국의 천황족이며 서열 삼 위인 우호법은 그저 부엌데기일 뿐이다.

우호법 백룡천제는 좌호법 청룡천제와 더불어서 천신국의 실질적인 제이인자다.

서열 이 위인 천황제자들은 단지 천황족이며 천여황의 제자라는 신분을 빼면 아무것도 남지 않는다.

그렇지만 좌우호법은 위로는 천여황 한 사람을 모시고 아래로는 오초후를 비롯한 절번과 존번 등 신조삼위와 색성칠위 모두를 거느리는 일인지상만인지하의 막강한 신분이다.

좌호법 청룡천제가 반역 세력의 수괴인 천황을 자처하여 천여황을 제거하려는 역모를 꾸미고 있는 것만 봐도 좌우호법이 얼마나 대단한 신분인지 알 수가 있다.

그런 좌우호법의 우호법 백룡천제가 이곳 용황락에서는 일년 넘는 세월 동안 한낱 부엌데기 노릇을 하고 있으니 웃지 못할 슬픈 일인 것이다.

연군풍은 아까부터 몹시 걱정스러운 표정으로 연종초를 바라보다가 조심스럽게 입을 열었다.

"사부님."

그러나 연종초는 듣지 못한 듯 수면에 떠 있는 보름달만 물끄러미 응시하고 있을 뿐이다.

연군풍은 자신이 연종초를 부르는 소리에 스스로 깜짝 놀라서 눈이 동그랗게 커졌다.

연군풍은 사부가 일 년이 넘도록 잠도 거의 자지 않을뿐더러 식사도 제대로 하지 않은 채 허구한 날 술만 마시고 있는 것이 걱정이 되어, 제 딴에는 만류라도 해볼 요량으로 입을 열었던 것이다.

그런데 막상 입을 열어 사부를 부르고 나서는 제풀에 놀라 가슴이 두근거렸다.

그러나 기왕지사 내친걸음이라서 연군풍은 조금 더 용기를 내 이번에는 조금 더 큰 소리로 다시 한번 사부를 불렀다.

"사부님."

그런데 이번에는 연종초가 힐끗 연군풍을 쳐다보았다. 왜 그러느냐고 묻지도 않고 그저 평소의 초점 없는 쓸쓸한 눈빛으로 쳐다볼 뿐인데 그 눈빛을 보고 연군풍은 용기를 얻었다.

"이러시다가 탈 나실까 두려워요."

연종초는 다시 시선을 수면의 보름달에 주었다. 겨우 그딴 소리나 하려고 내 명상을 깬 것이냐는 침묵의 꾸짖음이 연군풍을 흔들었다.

"대체 왜 이러시는 거예요?"

그렇게 물어놓고 연군풍은 화들짝 놀랐다. 평소의 그녀라면 절대로 내뱉을 수 없는 말이기 때문이다.

사부는 천신국의 여황으로서 절대자다. 절대자는 명령을 내리고 행동을 할 뿐이지 어느 누구도 거기에 터럭만 한 반론을 제기해서도, 제동을 걸어서도 안 된다.

"제자가 아니라 조카로서 묻는 거예요."

연군풍은 이날까지 어느 한순간도 연종초를 이모라고 여겨본 적이 없었다. 그 정도로 천여황이라는 존재가 절대적이기 때문이었다.

연군풍은 말을 꺼내놓고서야 자신이 연종초의 조카였다는 사실을 깨달았다.

어떨 때는 생각 없이 말부터 튀어나갈 때가 있는데 바로 조금 전이 그랬다.

그런데 뜻밖에도 '조카'라는 말이 연종초의 마음을 조금 움직인 것 같았다.

연종초가 여태까지 상체를 꼬고 수면을 응시하던 자세를 풀고 탁자 앞에 똑바로 앉으며 가라앉은 목소리로 말했다.

"앉아라."

연군풍은 움찔 놀랐다. 그녀는 지금껏 사부와 마주 앉은 사람을 한 명도 본 적이 없었다.

천황제자는 물론이거니와 좌우호법을 비롯한 천신국의 어느 누구라도 천여황하고 대좌하지 못한다는 것이 천신국의 법이기 때문이다.

그러나 연군풍은 사부가 뭔가 마음이 움직였기 때문에 자신에게 앞에 앉으라고 말한 것이라 생각했다.

그래서 이 시점에 '감히 제가 어떻게 사부님과 대좌를'이라고 사양하는 것은 애써 만들어놓은 분위기를 깨는 것이라는 생각이 들었다.

연군풍은 최대한 조심스럽게 맞은편에 앉았다가 혼비백산하고 말았다.

"술 받아라."

연종초가 술병을 불쑥 내밀었기 때문이다.

"사부님……."

작심하고 자리에 앉은 연군풍이지만 이때만큼은 너무 놀라서 간이 콩알만큼 오그라들었다.

연종초가 조용한 어조로 말했다.

"이모가 주는 술이니 받아도 된다."

그 말이 연군풍에게 용기를 주어 그녀는 빈 잔을 두 손으로 잡고 내미는데 마음하고는 달리 손이 달달 떨렸다.

사실 연군풍은 '조카로서'라고 말하면서도 반 푼어치도 연종초를 이모라고 생각하지 않았다.

연종초와 연군풍은 이모 조카 사이면서도 단 한 번도 서로를 친족이라고 여긴 적이 없었기 때문이다.

그렇게 말없이 반시긴 정도 두 여자는 술만 마시고 아무 말도 하지 않았다.

술이 그리 세지 않은 연군풍은 술 대여섯 잔에 정신이 알딸딸해지자 자신이 조카니 뭐니 하면서 어줍지 않게 말을 꺼낸 일을 후회하기 시작했는데, 바로 그때 연종초가 품속에서 눈처럼 흰 옥적을 꺼내더니 입에 댔다.

그러고는 고즈넉이 피리를 불기 시작했다.

필릴리… 삐리리… 피릴리…….

천상에서 흘러내리는 듯한 아름다운 곡조가 흐느끼듯 누각에서 퍼져 나가 호수에 뜬 보름달을 흔들고 밤하늘로 너울너울 날아올랐다.

연군풍은 이곳에서 지낸 일 년 두 달 동안 거의 매일 어김

없이 연종초가 부는 피리 소리를 들었다.

연종초는 오로지 하나의 곡조만 불었으며 바로 지금 불고 있는 이 곡조다.

이 피리 소리를 듣고 있으면 어떻게 된 일인지 가슴에서 눈물이 뚝뚝 떨어지고 온몸의 피라는 피는 죄다 입이나 눈으로 쏟아져 나올 것처럼 누군가가 미친 듯이 그리워진다.

연군풍은 하등에 그리워할 사람이 없는데도 불구하고 이 곡만 들으면 그저 막연하게 알지도 못하는 누군가가 그리워져서 저절로 눈물이 솟구쳤다.

그래서 이 곡이 끝날 때쯤이면 연군풍은 남몰래 고개를 돌리고 눈물을 훔쳐내야만 했다.

누각과 연못과 밤하늘을 사붓사붓 울리던 피리 소리는 반각 후에 끝났다.

"하아……."

연군풍은 자신도 모르게 나직한 한숨을 토해내며 오늘도 어김없이 흘린 눈물을 소매로 찍어내면서 연종초를 바라보다가 화들짝 놀랐다.

사부 연종초가 눈물을 흘리고 있었다. 그동안 하루에 한 번 이상, 수백 번도 더 이 곡조를 들었지만 사부가 우는 모습을 보인 것은 지금이 처음이다.

"사부님……."

연군풍이 놀라서 부르자 연종초는 옥적을 입에서 떼고 밤
하늘을 보며 차분하게 중얼거렸다.

"이제는 마음껏 울련다."

"네?"

"지금까지는 너와 백룡 눈치를 보느라고 울고 싶은 것을 꾹
꾹 참았다가 밤에 이불 속에서만 몰래 울었는데 이제는 너희
들 눈치 안 보고 울고 싶을 때 마음껏 울련다."

"네……."

방금 그녀가 한 말은 천여황이나 사부로서 할 수 있는 말
이 아니다.

그러나 가슴을 쥐어뜯는 구슬픈 피리 소리를 들은 직후여서
일까, 연군풍은 고개를 끄떡이면서 그래도 된다고 생각했다.

연군풍은 사부가 밤에 이불 속에서만 몰래 울었다는 사실
을 까맣게 모르고 있었다.

그렇다고 해서 그걸 알게 된 지금이라고 해도 전혀 놀라는
마음은 들지 않았다.

어쩌면 피리 소리의 여운이 오늘따라 매우 진하게 남아서
그런 모양이다.

"운룡에 대해서 얘기해 주마."

연종초의 말에 연군풍은 깜짝 놀랐고, 그녀가 그렇게 말할
때 눈물을 흘리면서도 얼굴에서 화사하고도 은은한 광채가

뿜어지는 것을 보았다.

단지 운룡이라는 사람에 대해서 이야기를 시작하려는 것뿐인데 그것만으로 연종초는 가슴이 훈훈해졌다.

"우리가 북경의 어느 평범한 주루에서 처음 만났던 날의 이야기란다."

연군풍이 봤을 때 연종초는 이 얘기를 누군가에게 처음 하는 것일 텐데도, 마치 오랫동안 이 이야기를 준비하고 있었던 사람처럼 자연스럽고도 편안하게 이야기를 시작했다.

연군풍은 몹시 긴장한 표정으로 연종초의 얼굴을 말끄러미 바라보았다.

화운룡을 북경의 어느 주루에서 처음 만나 우연히 합석을 하게 되었던 상황을 설명할 때의 연종초는 순진무구한 어린 소녀 같은 해맑은 표정이었다.

"나는 그처럼 완벽한 남자, 아니, 남녀를 통틀어 완벽한 인간을 예전에는 한 번도 본 적이 없었어."

연종초가 그렇게 말하자 연군풍은 두 손을 가슴에 모으고 놀랍고도 경이로운 표정을 지었다.

"세상에… 사부님의 마음을 사로잡을 사내가 천하에 존재할 줄은 몰랐어요."

연군풍은 그렇게 말해놓고서 아차 하는 생각에 깜짝 놀라서 급히 두 손을 저었다.

"아, 아니… 그렇다고 사부님께서 매우 까다로운 분이시라는 뜻은 아니에요. 뭐랄까……."

연종초는 화사하게 미소 지으며 고개를 가로저었다.

"괜찮다. 나도 내가 얼마나 까다로운 성격인지 잘 알고 있으니까 말이다. 특히 남자에겐 까다로움이 아니라 무조건적인 경멸 그 자체였지."

"그래요. 사부님께선 남자들을 벌레처럼… 아! 죄송합니다. 그런 뜻이 아니라……."

"아니다. 인정하마. 과연 나는 남자들을 벌레보다 못한 존재라고 여겼었다."

연종초는 미소를 잃지 않았다. 운룡이라는 남자를 단지 떠올리는 것만으로 그녀를 미소 짓게 만드는 것이다.

그러니 그녀가 운룡과 마주 앉아서 술을 마실 때는 어떤 기분이었을지 미루어 짐작이 가고도 남았다.

*　　　　*　　　　*

"그런데 나의 그런 생각이 운룡을 만나서 대화를 나누는 동안 파도에 씻기는 모래성처럼 모조리 깨어지고 말았지. 왜냐하면 그는 천하에 짝을 찾을 수 없을 정도의 준수한 용모와 감미로운 목소리, 자상한 미소, 그윽한 눈빛을 지닌 데다 머릿속에 담겨 있는 지식은 나조차도 감당하지 못할 만큼 어마어마한 수준이었으니까 말이야. 한마디로 그는 하늘 아래에서 가장 완벽한 사람이었던 거야."

연군풍은 정말 그런 남자가 존재한다면 사부의 남자에 대한 오랜 선입견이 깨질 수도 있었겠다고 생각했다.

"운룡과 대화를 하는 동안 나는 내 속에서 놀라운 변화가 일어나는 것을 느꼈다."

연종초의 눈이 반짝거렸고 입가에 흐뭇한 미소가 떠올랐다.

"그와 대화를 시작한 지 한 시진쯤 지났을 뿐인데 이미 내가 그를 사랑하고 있다는 사실을 깨달은 것이지."

"아아……."

연군풍은 마치 자신이 운룡을 사랑하게 된 것처럼 감정이입이 되어 작게 몸서리를 쳤다.

"그분도 사부님을 사랑하셨나요?"

연종초의 뺨이 발그레해졌다.

"운룡이 날 사랑했으니까 그날 밤에 내 순결을 가져간 것이 아니겠니?"

"아아……."

연군풍은 너무도 놀라서 발딱 일어섰다. 그녀는 설마 사부가 운룡이라는 남자와 몸을 섞었을 줄은 꿈에서조차도 상상해 본 적이 없었다.

그러나 연종초는 연군풍이 놀라는 것에 대해서 부끄러워하지 않았다.

"나는 그때 깨달았어. 천하보다 더 큰 것이 존재한다는 사실을 말이야."

연군풍은 사부가 천하보다 더 크게 여기는 존재가 바로 운룡이라고 생각했다.

연종초는 손에 쥐고 있는 옥적을 부드럽게 쓰다듬었다.

"그가 이 옥적을 내게 주었어."

"그럼 사부님께서 매일 부는 피리 곡조는 그분이 가르쳐 주신 건가요?"

"아냐. 가르쳐 주지 않았다. 그를 생각하면서 내 스스로 만든 곡조야."

"아아……."

비룡은월문이 있는 동태하 배 위에서 연종초가 일 장으로 운룡을 죽였다는 얘기를 끝냈을 때 그녀도 연군풍도 거의 숨이 끊어질 것처럼 울고 있었다.

"흐으윽……! 내가 그를 죽였어… 내 손으로… 목숨보다 더 사랑하는 운룡을 말이야… 으흐흐흑……!"

연종초는 가슴을 쥐어뜯다가 두드리면서 그 말을 하고는

호흡이 곤란한 것처럼 헐떡거렸다.

"끄으윽… 끄으으……."

그때 연군풍은 보았다. 연종초의 두 눈에서 새빨간 피가 흘러나오는 것을.

피눈물 혈루(血淚)를 흘리고 있는 것이다.

그리고 그 순간 연군풍은 소스라치게 놀라서 또다시 벌떡 일어서야만 했다.

스스으으……

연종초의 새카맣던 흑발이 지금 이 순간 빠르게 희디흰 백발로 변하고 있는 것이다.

"아아… 사부님… 머리카락이……."

사람이 극도로 상심하게 되면 검은 머리카락이 차츰 백발로 변한다는 얘기는 들었는데, 이처럼 한순간에 검은 머리카락이 백발로 변하는 것은 본 적도 들은 적도 없는 연군풍이라서 혼비백산하고 말았다.

연종초가 두 눈에서 피눈물을 뚝뚝 흘리면서 연군풍을 쳐다보는데, 그러는 사이에 연종초의 머리카락은 완전히 백발이 돼버렸다.

두 눈에서 피눈물이 하얀 뺨을 타고 흐르고 머리카락은 눈부신 백발로 변한 연종초의 모습은 꿈에 나올까 두려울 정도로 섬뜩했다.

연군풍이 급히 달려가서 동경(거울)을 가져와 연종초가 잘 볼 수 있도록 앞에 내밀었다.

"사부님 모습을 보세요."

그러나 연종초는 변해 버린 자신의 모습을 보고서도 덤덤하기만 했다.

"운룡을 내 손으로 죽인 벌치고는 너무 약하구나."

*   *   *

동쪽 하늘이 부옇게 밝아올 무렵에 화운룡은 열두 번째 단의 끄트머리 조를 발견했다.

지금 발견한 열두 번째 단을 포함하여 이제 여섯 개 단이 남아 있는데 아직 옥봉을 찾지 못했다.

그런데 문제는 열두 번째 단이 이미 금불산에 들어섰다는 사실이다.

이곳에서 용황락까지의 거리는 백오십여 리 남짓이며 그동안 화운룡이 최대한으로 찾아낼 수 있는 오혈대는 많아야 두 개 단 정도다.

만약 지금 발견한 단과 앞으로 발견할 두 개 단 삼백 명 중에서 옥봉을 찾아내지 못한다면 아마도 최악의 상황이 전개될 것이다.

즉, 아직 찾아내지 못하는 세 개 단이 용황락으로 진입하여 천여황과 싸움을 벌이게 되는 상황이다.

또 하나, 오혈대를 이끌고 있는 우두머리가 십칠 개 단 천칠 백여 명을 모두 집결시킨 후에 용황락을 총공격할 것인지, 아니면 도착하는 순서대로 용황락에 진입시킬 것인지 지금으로서는 알 수가 없다.

그러나 어떤 상황이 되더라도 화운룡한테는 좋지가 않다.

오혈대 천칠백여 명이 집결한 상황에 옥봉을 찾아내더라도 도대체 어떻게 그녀를 구해낸다는 말인가.

옥봉을 구하는 일은 오혈대 천칠백여 명을 상대로 일전을 불사해야 한다는 뜻이다.

화운룡이 옥봉을 발견하여 그녀만 콕 찍어서 하늘로 쏘아올라 가루라에 타면 그만인 것 같지만 일이 말처럼 쉽게 풀리지는 않을 것이다.

오혈대 긱자의 현재 능력은 절정고수 수준이며 그들 모두는 천신국의 금지된 절학인 오금마극과 천외오신극, 그리고 천마혈옥강이라는 절세적인 절학을 배웠다고 했다.

더구나 인성이 말살되어 강시가 됐거나 강시가 되어가고 있는 살인 병기가 천칠백여 명이나 집결하고 있는 곳에서 옥봉 한 사람만을 뽑아내야만 한다.

그것뿐만이 아니다. 화운룡이 옥봉을 구출하는 과정에서

그녀가 순순히 그를 따라나서지 않을 것이라는 사실이 더 치명적인 걸림돌이다.

아니, 따라나서기는커녕 격렬하게 저항을 할 것이 분명하여 화운룡이 그녀를 제압해야 하는데, 과연 그녀를 제압하는 일이 수월할 것이냐는 문제가 남아 있다.

왜냐하면 옥봉이 이미 강시가 됐거나 강시화가 진행 중이라면 무혈인(無穴人) 즉, 혈도가 없는 몸이 됐을 것이므로 혈도를 눌러서 제압할 수가 없게 된다.

그렇기 때문에 오혈대 천칠백여 명이 모여 있을 때 옥봉을 구하는 것은 최악의 상황이라고 봐야 한다.

그러니까 가장 좋은 방법을 꼽는다면 오혈대 일 개 단 백 명이 열 명씩 열 개의 조로 띄엄띄엄 이동하고 있는 동안에 옥봉을 찾아내는 것이다.

그러면 열 명만을 상대하여 옥봉을 구하면 되니까 현재로 썬 그게 최선책이다.

화운룡이 우려했던 상황이 벌어졌다.

그가 용황락 입구에 도달할 때까지 찾아낸 오혈대는 모두 열네 개 단, 천사백여 명이며 불행하게도 그들 중에는 옥봉이 없었다.

그리고 그가 용황락에 도착했을 땐 그 일대 어느 곳에도 오혈대가 보이지 않았다.

그렇다면 먼저 도착한 세 개의 단 삼백여 명은 이미 용황락 안으로 진입했을 수도 있다.

금불산에는 세상에 알려지지 않은 산중 호수가 하나 있다.

높이 오천 척 둘레 팔백여 리에 이르는 거대한 험산인 금불산 아주 깊숙한 곳에 위치한 이 산중 호수는 둘레가 오십여 리에 이를 정도로 제법 큰 편에 속한다.

하지만 호수 가장자리가 구불구불 굴곡이 심하고 여러 개의 계곡과 봉우리에 접하고 있어서 호수 전체를 한눈에 보는 것이 불가능하다.

그래서 어쩌다가 우연히 이 호수를 발견한 사람들은 하나의 계곡이나 하나의 봉우리 아래에 있는 아담한 호수의 한쪽 귀퉁이만을 보고는, 작은 호수가 여러 개 모여서 흩어져 있는 것으로 알고 있다.

화운룡 일행을 태운 가루라가 십룡해(十龍海)라는 이름이 붙여진 산중 호수 상공에 떠 있다.

"나머지 세 개의 단은 어디에 있는 겁니까?"

주대영이 까마득한 아래의 십룡해를 굽어보면서 착잡한 표정으로 입을 열었다.

화운룡은 조금 전에 가루라를 타고 십룡해를 천천히 한 바퀴 돌면서 자세히 살펴보았으나 어디에서도 오혈대 나머지 세 개 단을 발견하지 못했다.

십룡해 상공 삼백여 장 높이에서 정지 비행을 하고 있는 가루라의 등에서 화운룡은 한동안 호수를 굽어보다가 착잡하게 중얼거렸다.

"세 개의 단은 이미 용황락 안으로 들어간 것 같습니다."

"그럼 이제 어떻게 합니까? 우리도 용황락 안으로 들어가야 하는 것 아닙니까?"

주화결이 초조하게 묻자 화운룡이 무겁게 고개를 끄떡였다.

"그래야 할 것 같습니다."

이어서 그는 굳은 목소리로 이었다.

"저 혼자 들어갑니다."

"무슨 말씀입니까? 저희도 같이 들어갈 겁니다!"

"주군! 우리도 힘을 보태겠습니다!"

주대영과 주화결이 강하게 반발했고 야말은 조용히 지켜보기만 했다.

화운룡은 차분하게 말했다.

"용황락에 들어가려면 호수 속 깊이 사백 장까지 잠수해야 하고 그 깊이에 있는 수로를 통해서 한 시진 이상 더 진입해야 합니다. 그러려면 엄청난 무게의 수압을 견뎌야 하며 최소한 한 시진 반 이상 호흡을 멈춰야 합니다."

주대영과 주화결은 억눌린 듯한 표정을 지으며 아무 말도 하지 못했다.

그들은 물론 야말도 방금 화운룡이 말한 악조건을 이겨낼 능력이 현저히 부족하다.

주대영과 주화결, 야말 중에서 강물이든 호수든 십여 장 아래로 내려가 본 사람은 아무도 없다.

그러나 물속으로 이십 장만 내려가도 굉장한 수압 때문에 몸이 으깨어지는 듯한 극심한 고통을 받는다는 상식 정도는 알고 있다.

그런데 이십 장의 스무 배인 사백여 장까지 잠수해야 하고, 그 깊이에서 무려 한 시진 반이나 유영을 해야 한다는 것은 꿈조차 꿀 수 없는 일이다.

주대영 등이라면 한 시진 반이 아니라 일각도 버티지 못하고 온몸이 으깨어지고 말 것이다.

주대영과 주화결은 아무 말도 하지 못하고 착잡한 표정만 지을 뿐이다.

야말이 무거운 어조로 중얼거렸다.

"오혈대가 패가이호에서 깊은 물속에 잠수하는 훈련을 거듭했었던 이유가 있었군요."

사실 용황락에 출입하는 편안한 다른 길이 있기는 하지만 화운룡은 거기에 대해서는 말하지 않았다.

만약 용황락에 주대영 등과 같이 진입한다면 그들의 안위까지 일일이 챙겨야 하기에 옥봉을 구하는 일이 차질을 빚을 것이기 때문이다.

야말이 무언가 작은 물건을 내밀었다.

"이것을 목에 걸고 계십시오. 어디에 계시든지 그걸 불면 가루라가 날아갈 것입니다."

그것은 새끼손가락 절반 크기의 붉은 뿔로 만든 호각이며 질긴 가죽 끈에 묶여 있었는데, 화운룡은 살펴보지도 않고 목에 걸고는 훌쩍 아래로 몸을 날렸다.

슈욱!

"아……."

"앗!"

그가 갑자기 뛰어내릴 줄 예상하지 못했던 주대영과 야말 등은 깜짝 놀라서 급히 가루라 가장자리로 몰려나와 아래를 굽어보았다.

그러나 방금 뛰어내린 화운룡의 모습은 그 어디에서도 보이지 않았다.

가루라에서 아래로 몸을 날린 화운룡은 십룡해 호수로 뛰어들지 않았다.

그는 하강하면서 은형인의 수법으로 모습을 감추고 방향을 꺾어 십룡해의 남쪽으로 날아갔다.

금불산의 주봉인 천주봉(天柱峰)을 중심으로 주변 백오십여 리 이내에 무려 오십여 개의 크고 작은 봉우리들이 거대한 군락을 이루고 있다.

그 봉우리 군락의 아주 깊은 곳에 용황락이 자리를 잡고 있었다.

워낙 봉우리들이 많고 높으며 계곡들이 구불구불 깊은 탓에 설사 몇 번 와봤다고 해도 천부적인 눈썰미와 방향감각이 없는 한 다시 찾아내기란 결코 쉽지가 않다.

슈우우!

용황락을 출입하는 또 다른 방법인 은밀한 지하 동굴을 따라서 빛처럼 빠르게 달리고 있는 화운룡의 귀에 멀리서 싸우는 소리가 은은하게 들렸다.

수천만 년 동안 형성되었음직한 지하 동굴은 제법 규모가 크며 천장에는 커다란 고드름처럼 종유석들이 주렁주렁 길게 매달려 있다.

또한 곳곳이 바위투성이에다 거미줄처럼 수백 갈래로 갈라져 있어서 이곳을 몇 번 와본 화운룡마저도 자칫 길을 잘못 들어서 미아가 돼버린 적이 두어 번 있었다.

처음 그가 용황락에서 밖으로 나가는 또 다른 통로인 이곳을 우연히 발견하여 바깥 출구까지 천신만고 끝에 나가는 데 사흘이나 소요됐었다.

그러니까 설혹 누군가 천행으로 여길 찾는다고 해도 용황락으로 들어가는 진짜 통로를 찾아낸다는 것은 하늘에서 별을 따는 것과 같을 터이다.

그 정도로 지하 통로가 깊고도 길며 실핏줄 같은 수백 개의 통로들이 갈라져 있는 것이다.

이후 그는 몇 번 더 출구에서 용황락까지 오가면서 자신만이 알아볼 수 있는 표식을 곳곳에 해두었다.

그 길은 출구에서 용황락까지 도달하는 가장 빠른 통로이며 화운룡이 전력으로 달린다고 해도 대략 이각 정도 걸린다.

십룡해 수심 사백여 장까지 깊이 잠수하여 엄청난 수압을 견디면서 한 시진 반 동안 유영을 해야 하는 것에 비하면 이 통로는 거저먹는 것이나 다름이 없다.

천여황이 용황락을 어떻게 발견했는지 모르지만 십룡해 지하 수로나 이곳 지하 통로를 통하지는 않았을 것이다. 그 두 개의 출입구는 천운이 없으면 절대로 발견할 수 없을 정도이기 때문이다.

그렇다면 천여황은 제삼의 방법으로 용황락을 발견했을 가능성이 크다.

천여황 같은 초극고수라면 그것이 가능한 일이다. 최소한 천오백 장 이상의 높은 하늘을 날다가 우연히 용황락을 발견하는 것이 바로 제삼의 방법이다.

용황락의 한쪽 지붕 역할을 하는 봉우리의 높이가 해발 천 오백 장이며 그 봉우리 정상에서 몸을 날려 동쪽으로 오백 장 쯤 날아가면 그 아래로 용황락이 보인다.

어쩌면 천여황은 가루라를 타고 높은 하늘에서 천하를 돌 아보다가 용황락을 발견했을 수도 있다.

하지만 화운룡이 용황락을 발견했을 시점에는 지상에서 천 오백 장 높이 하늘을 날 수 있을 만한 무공을 지니지 못했었 기에 제삼의 방법으로 용황락을 굽어보거나 출입하는 일은 불가능했다.

그렇지만 지금 그의 능력으로는 충분히 가능하다. 그렇다 고 해도 그 방법으로 용황락에 들어갔다간 발각될 수도 있으 므로 지하 통로를 이용하는 것이 좋았다.

지금 그의 머릿속에는 오로지 옥봉을 구하는 일 말고는 아 무것도 담겨 있지 않았다.

천여황에 대한 복수는 옥봉을 구한 다음의 일이다. 옥봉의 인성을 회복시키는 것도 그녀를 구한 다음에 생각해야 한다. 지금은 그녀를 구하는 것이 최우선이다.

第六章
강시 여인 옥봉

　지하 통로 끝에 이른 화운룡은 막다른 곳을 막고 있는 바위를 약간 힘을 주어 살짝 밀었다.

　드그…….

　겨우 빠져나갈 만큼의 틈만 열고는 바깥 즉, 용황락으로 달려 들어갔다.

　그가 지하 통로를 달려오는 동안 용황락 안에서 계속 싸우는 소리가 들려왔기 때문에 그는 마음이 급해서 바위를 원위치로 해놓지도 않고 쏘아갔다.

　이곳은 용황락의 북쪽 끝 천 장 이상 높이로 깎아지른 절벽의 맨 아래쪽이다.

부채를 반쯤 접은 듯한 지형이며 통로 입구에 커다란 바위가 떡하니 가로막혀 있기에 밖에서는 물론이고 안쪽으로 들어가 봐도 통로를 발견하는 일은 녹록하지 않다.

바깥으로 쏘아가면서 화운룡은 지하 통로를 달려오는 동안 풀었던 은형인을 다시 전개하여 모습을 감추었다.

용황락은 동서의 폭이 오 리, 남북이 칠 리쯤 되는 제법 넓은 아담한 분지에 몇 개의 크고 작은 호수와 야트막한 언덕, 우거진 수림과 수많은 종류의 온갖 꽃들이 흐드러지게 피어 있는 꽃밭들이 곳곳에 산재해 있는 천하에 다시없을 무릉도원 같은 곳이다.

용황락은 둘레가 평균 천 장 이상의 절벽과 봉우리로 둘러쳐져 있는 덕분에 늦은 봄날처럼 따뜻한 기후라서 사시사철 온갖 꽃들이 만발한다.

화운룡은 가장 가까운 곳에서 싸우는 소리가 들리는 곳으로 한 줄기 바람처럼 쏘아갔다.

화운룡이 쏘아가는 전방에 오혈대 수십 명이 누군가를 겹겹이 포위한 채 맹공격을 퍼붓고 있었다.

쑤와아악!

카차차차창!

하나같이 흑의경장을 입은 젊은 남녀 청년들이 양손에 반월형의 쌍도를 쥐고 꽃밭 한가운데의 누군가를 무차별 공격하는데, 그들이 펼치는 초식은 전율할 만큼 고강하고 잔인하며 악랄하기 짝이 없다.

한복판에서 공격을 당하고 있는 사람이 누군지 모르지만 오래 버티지 못할 것처럼 보였다.

오혈대가 누굴 공격하는지에 대해서는 추호도 관심이 없는 화운룡은 빠르게 그들 근처로 쏘아가서 날카로운 눈으로 한 명씩 살펴보았다.

오혈대는 모두 흑의경장을 입은 똑같은 모습이라서 본혈대인지 동혈대인지 아니면 서혈대인지 구별할 수가 없다.

어쨌든 그런 것은 상관이 없다. 화운룡은 옥봉만 찾아내면 되는 일이다.

그는 포위망을 형성하여 공격을 퍼붓고 있는 오혈대 주위를 돌면서 삼십여 명의 얼굴을 일일이 확인했다.

일말의 희로애락 감정이 떠올라 있지 않은 죽은 자의 얼굴 삼십여 개를 살폈지만 여기에는 옥봉이 없다.

화운룡은 더 볼 것도 없이 그곳을 떠나 두 번째 싸우고 있는 곳으로 쏘아갔다.

그곳은 제법 넓은 호수의 한가운데 세워진 삼 층 누각이었다. 미래의 화운룡이 오십이 세 때 그 누각을 지었으며 이름을 '사련봉애'라고 명명했다.

그는 오십 세 이후부터 이따금 이곳에 와서 전각과 누각, 정자 등을 지으면서 몇 달씩 보냈으며, 그때마다 누각 사련봉애에서 옥봉을 그리워하며 그녀를 위해서 지은 피리곡 사련봉애를 불곤 했었다.

그래서 천여황이 용황락을 알고 있다는 사실을 서초후에게 들었을 때, 화운룡은 자신이 '사련봉애의 주인'이라는 사실을 서초후를 통해서 천여황에게 알렸다.

그런데 지금 바로 그 사련봉애 삼 층 누각에서 치열한 싸움이 벌어지고 있었다.

오혈대 이백칠십여 명이 삼 층 누각을 포위하고 맹공을 퍼붓는 것으로 봐서 그곳에 천여황이 있는 것 같았다.

삼 층 누각 일 층의 양쪽으로는 갈지자 모양의 구불구불한 다리가 이어져 있는데, 그곳에 오혈대가 빼곡하게 있으며 누각의 이 층과 삼 층, 지붕은 물론이고 누각을 중심으로 호수에도 오혈대가 가득했다.

오혈대들은 호수의 수면에 떠서 이리저리 움직이며 공격을 퍼붓고 있는데도 물에 빠지지 않았다.

그로 미루어 그들의 경공술은 이미 절정지경에 이른 것이 분명했다.

천여황은 누각의 일 층에 있는 듯했다. 오혈대가 일 층을 가득 메운 채 공격을 퍼붓고 있으며 이 층에서는 난간에 거꾸로 매달린 오혈대가 천여황에게 화살을 쏘거나 장풍과 강기를 쏟아부어 댔다.

콰콰아아앗!

콰차차차창!

원래 천여황 같은 절세고수가 싸울 때는 무기 부딪치는 음향 같은 것은 나지 않지만 지금은 수백 명의 합공을 상대하고 있기에 그런 음향이 나지 않을 수가 없다.

은형인으로 모습을 감춘 화운룡은 허공에 뜬 상태로 사련봉애 삼 층 누각 둘레를 몇 바퀴나 빙빙 돌면서 오혈대의 얼굴을 빠르게 훑어보았다.

그러나 이백칠십여 명이나 되는 오혈대가 빠르게 움직이면서 공격을 하고 있는 터라서 일일이 한 명씩 얼굴을 식별하는 일이 쉽지 않았다.

자신의 안위나 목숨 같은 것은 염두에 두지도 않고 오로지 공격일변도인 오혈대 얼굴들을 하나씩 훑어보는 화운룡의 가슴이 시커멓게 탔다.

오혈대 얼굴들은 하나같이 이미 강시화가 돼버린 사자(死者)의 얼굴이었기 때문이다.

그러다가 문득 일 층 한복판에 서로 등을 맞대고 있는 두 여자의 모습이 눈에 띄었다.

'종초!'

그의 시야에 또렷이 확대되어 쏘아 들어온 여자는 틀림없는 연종초였다.

예전하고는 달리 눈을 뒤집어쓴 것처럼 눈부신 백발이 되었지만 여전히 극치의 아름다움을 지닌 연종초다.

그런 것은 아마도 '슬픈 아름다움'이라고 해야 할 것 같다. 그녀를 처음 봤을 때도 그랬지만 지금도 그녀에게서 안개처럼 짙게 슬픔이 쏟아지고 있었다.

그녀와 등진 채 오른손에 검을 쥐고 싸우는 사람도 여자이며 연종초보다 대여섯 살 어린 이십 대 초반으로 보였다.

싸아악! 촤악!

그녀는 천황이제자인 연군풍이며 놀랍기 짝이 없는 실력으로 전면과 좌우에서 득달같이 공격해 오는 오혈대들의 목을 자르고 머리를 세로로 쪼갰다.

연군풍은 오혈대의 공격을 피하지 않았다. 피하면 뒤에 있는 연종초의 배후가 위험하기 때문이다. 그래서 오혈대 공격의 구 할을 검으로 쳐내고 그중에 일 할은 목이나 머리를 잘라서 죽였다.

그녀는 피가 나도록 입술을 꼭 깨문 채 육안으로는 보이지 않을 정도로 빠르고도 눈부시게 검을 휘두르는데 단 한 차례도 헛손질이 없다.

오혈대의 쌍도 공격을 정확하게 막고 쳐내거나 아니면 목을 자르고 머리를 쪼겠다.

연군풍과 제일선에서 공격하는 오혈대와의 거리는 다섯 자밖에 되지 않았다.

한쪽을 막거나 물리치고 나면 다른 쪽에서 쇄도하며 공격하고, 그쪽을 막아서 물리치면 또 다른 쪽에서 밀고 들어오며 공격을 퍼부었다.

극도로 초조한 표정이 떠올라 있는 연군풍의 얼굴에서는 비 오듯이 땀이 흘렀고 입에서는 조금씩 거친 호흡이 새어 나오고 있었다.

연종초는 무기를 사용하지 않고 양손에서 무시무시한 강기를 발출하고 있다.

후우우… 후우…….

스퍼퍼퍽!

나비가 너울거리듯이 힘들이지 않고 슬쩍슬쩍 손을 저으면 오혈대 서너 명이 어김없이 머리가 박살 나고 가슴에 구멍이 숭숭 뚫려서 날아가 호수에 떨어졌다.

지금 연종초는 얼굴에 한 겹의 살얼음이 덮인 것처럼 싸늘한 표정이다.

그녀는 오혈대를 처음 본 순간 그들이 자신을 죽이러 왔다는 사실을 직감했다.

또한 오혈대 모두가 사자의 얼굴을 하고 있는 모습을 보자

마자 천신국 금단의 수법인 참신멸혼대법으로 탄생됐다는 사실마저 알아차렸다.

연종초는 자신의 측근 중에 누군가 반역을 꾀하여 자신을 죽이려고 한다는 사실보다는, 인성을 잃은 강시들의 무리가 정인 화운룡의 비밀스러운 성전(聖殿)인 용황락에 쳐들어와서 더럽혔다는 사실에 더 분노하고 있다.

제아무리 무적의 오혈대라고 하지만 연종초에겐 애당초 상대가 되지 못했다.

각자가 절정고수인 오혈대는 연종초에게 공격을 퍼붓는 순서대로 머리가 박살 나거나 가슴에 커다란 구멍이 뚫려서 가랑잎처럼 날아갔다.

강시가 됐거나 강시화가 진행되고 있는 오혈대라고 해도 머리가 박살 나고 가슴에 주먹이 들어가고도 남을 정도로 큰 구멍이 뚫려 버리면 어쩔 도리가 없이 움직임을 멈추고 호수 아래로 가라앉았다.

콰콰콰아아아!

그때 누각의 이 층과 삼 층의 바닥과 천장이 한꺼번에 통째로 뜯겨서 산지사방 허공으로 흩어져 날아갔다.

위쪽에 있는 오혈대가 이 층과 삼 층을 갈가리 찢어서 날려 버린 것이다.

그때 어디선가 낭랑한 한 줄기 외침이 터졌다.

"일진은 오금마극! 이진은 천외오신극! 삼진은 천마혈옥강을 전개하라!"

그 외침을 듣는 순간 연종초와 연군풍은 목소리의 주인이 누구인지 즉시 알아차렸다.

천신오국 중 천신본국의 본절외신군이었다. 그가 바로 오혈대를 이끌고 연종초를 죽이러 온 것이다.

그래서 연종초는 반역의 무리 수괴가 누구라는 것을 간파할 수 있었다.

천신본국의 본절외신군 정도의 지위와 인물이면 신조삼위이기는 하지만 반역을 일으킬 만한 그릇이 못된다.

그러므로 그를 수족처럼 부릴 수 있는 천신본국의 제후 본초후나 평소 본초후와 본절외신군을 심복처럼 부리는 좌호법 청룡천제가 반역 무리의 수괴일 것이다.

어쨌든 본절외신군의 명령이 떨어진 순간 오혈대 이백칠십여 명이 갑자기 일사불란하게 움직이기 시작했다.

쿠와아앙!

누각의 일 층에서 합공하고 있는 오혈대 일진 오십여 명이 일제히 쌍도를 풍차처럼 맹렬하게 휘둘러서 기이한 흑색의 와류(渦流)를 일으키며 연종초와 연군풍에게 쇄도해 갔다.

오십여 명이 쌍도로 일으킨 백여 개의 와류들은 즉시 다섯 개로 합쳐져서 다섯 개의 크고도 굵으며 더없이 강력한 와류의 기둥이 되어 연종초와 연군풍을 휩쓸어갔다.

과과과과아아아!

그뿐이 아니다. 누각 양쪽 두 개의 갈지자형 구불구불한 다리에 모여 있던 오혈대 이진 백여 명이 일제히 몸을 날려 누각 일 층의 연종초와 연군풍에게 덮쳐가면서, 전 공력을 주입한 쌍도를 한꺼번에 내던졌다.

꾸와와왕!

이백여 자루의 쌍도들이 누각 일 층을 향해 소나기처럼 쏘아가면서 한꺼번에 산산조각 나며, 수천 조각의 칼의 파편들이 천외오신극 금단의 강기를 싣고 해일처럼 밀려갔다.

그리고 누각의 이 층과 삼 층을 산산이 뜯어서 허공으로 날려 버렸던 백여 명의 오혈대 삼진은 이 순간, 마치 독수리처럼 허공에 뜬 상태에서 한쪽 방향으로 빠르게 회전하며 누각 일 층을 향해 일제히 쌍장을 뻗으며 천마혈옥강이라는, 천여 황만 연마할 수 있는 비전절기를 발출했다.

고오오오!

마치 시뻘건 노을빛이 퍼부어지듯이 허공의 십방(十方)에서 열 줄기의 핏빛 극강의 강기 기둥이 누각 일 층으로 무시무시하게 내리꽂혔다.

과과과우우웅!

일 층에서 오십여 명이 수평으로, 그리고 이 층 높이에서

백여 명이 비스듬히 내리꽂히며, 마지막 삼 층 높이 허공에서 백여 명이 거의 수직으로 십방에서 맹공을 퍼붓는 상황이므로 연종초와 연군풍은 피할 방도가 전무하다.

제아무리 연종초라고 해도 오혈대 이백칠십여 명의 합공을 받아내는 것은 무리다.

상황이 이쯤에 이르자 연군풍은 소스라치게 놀라서 어쩔 줄을 모르고 당황했으며, 연종초는 움찔하며 재빨리 한 손으로 연군풍의 팔을 잡았다.

연종초는 극강의 호신강기를 일으키는 것과 동시에 수평의 한쪽 방향을 향해 무서운 속도로 쏘아가면서 오른손으로 강기를 발출했다.

슈웃!

연종초로서는 지금 같은 절체절명의 위급 상황에서 가장 탁월한 선택을 했다.

그녀가 쏘아가는 일 층 수평 방향에서는 불과 대여섯 명 남짓의 오혈대만이 쌍도로 와류를 일으키면서 정면으로 쏘아오고 있을 뿐이다.

그러므로 전체 오혈대 이백칠십여 명의 합공이 도달하기 전에 그들 대여섯 명을 뚫고 포위망 밖으로 나갈 수 있을 것이다.

'봉애!'

그런데 바로 그 순간, 은형인 수법으로 허공에 떠 있던 화운룡의 눈이 화등잔처럼 커졌다.

연종초가 쏘아가고 있는 방향에서 쌍도로 와류를 일으키며 돌진하고 있는 여섯 명의 오혈대 중에 옥봉이 있었다.

일말의 표정도 없는 오혈대 사자의 모습을 하고 있지만 틀림없는 옥봉이다.

옥봉이 자신 쪽으로 쏘아오고 있는 연종초를 향해서 추호의 두려움도 없이 쌍도로 와류를 일으키면서 정면으로 돌진하고 있었다.

연종초는 이미 강기를 발출했다. 지난날 화운룡을 동태하 차디찬 강물 속으로 빠뜨려서 반년 동안 사경을 헤매게 했던 바로 그 강기다.

그것에 적중되는 순간 연종초 정면의 오혈대 여섯 명이 즉사할 것은 두말하면 잔소리다.

*　　　　*　　　　*

화운룡은 앞뒤 잴 것 없이 연종초를 향해 일 장을 뻗었다.

큐우웅!

아무것도 없는 허공중에서 범종을 세게 두드린 듯한 음향이 터져 나왔다.

그 순간 허공중에서 선명한 청광(靑光) 한 줄기가 연종초를 향해 빛살처럼 뿜어졌다.

화운룡이 천성여의에서 새로 발견한 천중인계의 절학, 여의 칠천 중에서 세 번째인 여의삼천, 달리 여의천궁이라고 이름 붙인 개세절학이다.

천성여의의 일곱 가지 색 칠채의 하나인 청광으로 발출하는 청강기(靑罡氣)인데 화살처럼 날카롭고 정확하며 빨라서 화살 궁 여의천궁이라는 별명을 붙였다.

지금처럼 일촉즉발의 순간에 화운룡이 여의천궁을 발출한 이유는 그가 지니고 있는 무공들 중에서 이 수법이 가장 빠르기 때문이다.

난데없는 급습에 연종초의 눈이 약간 커지는 것 같더니 그녀가 어떻게 해볼 겨를조차 없이 다음 순간 굉렬한 폭발음이 터졌다.

꽈웅!

연종초의 강기와 화운룡의 여의천궁이 격돌한 것이다.

'으윽……'

화운룡은 오른팔이 부러지는 듯한 통증을 느끼며 허공으로 퉁겨 홀홀 날아갔다.

그러는 와중에 공력이 흐트러지면서 은형인이 풀려 그의 모습이 드러났다.

그러나 그는 오혈대처럼 흑의경장을 입고 있어서 눈여겨보지 않으면 분간하지 못할 터이다.

화운룡이 발출한 천중인계의 여의천궁도 연종초를 물러나게 하지는 못했다.

다만 그녀가 발출한 극강한 강기의 위력을 반감시키는 정도에 그쳤다.

위력을 반감시켰다는 것은 그녀가 빠져나가는 속도를 반감시켰다는 뜻이기도 하다.

연종초와 연군풍은 이백칠십여 명의 오혈대가 쏟아낸 합공의 정조준점에서 조금 벗어나긴 했지만 영향권에서 완전히 빠져나오지는 못했다.

콰아아아아앙!

오혈대 이백칠십여 명이 만들어낸 공전절후의 합공이 연종초와 연군풍 뒤쪽 불과 일곱 자 거리에 명중하며 엄청난 대폭발을 일으켰다.

누각이 흔적도 없이 송두리째 박살 나고 호수의 물이 십여 장 높이로 솟구칠 때, 연종초와 연군풍은 그 여파에 앞쪽으로 가랑잎처럼 날려갔다.

그리고 연종초의 반감된 강기와 오혈대 합공의 여파가 오혈대 전원을 휩쓸었다.

그중에서도 일 층에서 수평으로 공격하던 오혈대 오십여 명은 종잇장처럼 갈가리 찢어지거나 팔다리 사지가 뜯어지고, 머리통이 터지거나 혹은 몸뚱이가 으깨어져서 산지사방으로 풀풀 날아갔다.

연종초는 등 뒤에서의 강력한 여파에 날리면서 오히려 그것을 탈출할 수 있는 기회로 삼아 그 여파에 몸을 싣고 쏜살같이 위로 떠오르며 그곳에서 멀리 벗어나려고 했다.

연종초와 연군풍의 아래쪽에서 여파를 직격으로 맞은 옥봉을 비롯한 여섯 명의 오혈대가 그녀들보다 더 빠른 속도로 퉁겨져 날아가고 있다.

옥봉을 비롯한 여섯 명은 연종초의 반감된 강기와 격돌했기에 다행히 무사할 수 있었다.

연종초는 일단 멀찌감치 벗어난 이후에 오혈대를 차근차근 요절낼 생각이므로 공력을 실어 더 빠르게, 더 높이 허공으로 날아갔다.

그러다가 막 고개를 돌리려는 그녀의 시야 바깥쪽으로 이끌리듯이 뭔가 잡혔다.

오혈대로 여겨지는 청년 한 명이 퉁겨져서 쏜살같이 날아오는 다른 오혈대 여자 한 명을 잡으러 마주 날아가고 있으며, 앞을 보기 위해서 고개를 약간 들고 있는 얼굴 위쪽의 모습을 본 것이다.

'운룡!'

연종초는 그가 화운룡임을 한눈에 알아보았다.

그녀는 이것이 현실이 아닐 것이며 자신이 헛것을 보고 있는 것이라고 생각했다.

화운룡이 지금 이 상황에 여기에 나타날 확률은 반 푼어치도 없다는 사실을 잘 알고 있는 그녀다.

그래서 그녀는 자신이 잘못 보았을 것이라고 여기면서도 방금 스치듯이 봤던 그 사람을 화운룡이라고 단정했다.

화운룡은 뒤로 약간 누운 자세로 쏘아져 날아오는 옥봉에게 손을 내밀어 잡아갔다.

그때 그는 옥봉에 조금 뒤처져서 퉁겨져 날아오는 다른 오혈대 여자 한 명이 한껏 손을 뻗으며 옥봉의 다리를 잡으려고 하는 것을 발견했다.

'자봉!'

그녀를 발견한 순간 화운룡은 움찔 놀랐다. 그녀는 자봉이 분명했다.

절대로 잘못 보지 않았다. 더구나 그녀는 뒤처진 상태에서 팔을 최대한 뻗어 옥봉을 잡으려 하고 있다.

그 순간 화운룡의 머릿속이 헝클어졌다. 오혈대는 인성이 말살되고 이미 강시가 됐거나 강시화가 많이 진행됐을 탠데 어째서 자봉이 옥봉을 잡으려고 한다는 말인가.

지금 같은 상황에서의 이런 행동은 자봉이 옥봉을 구하려

한다는 의미로밖에는 받아들일 수가 없다.

설마 자봉은 인성이나 기억이 아직 온전하다는 것인가.

화운룡이 그렇게 생각하고 있을 때 자봉이 옥봉의 발목을 잡고 있었다.

그리고 한 걸음 늦게 화운룡이 왼손으로 옥봉의 팔을 낚아채듯이 잡았다.

그는 옥봉을 잡자마자 허공을 발끝으로 찍고 북쪽을 향해 전력으로 쏘아갔다.

슈우우—

그때 그의 위쪽 조금 먼 곳에서 날카로운 외침이 터졌다.

"운룡!"

화운룡은 움찔했다. 그는 순간적으로 그것이 연종초의 외침이며 조금 전 옥봉을 잡으러 갈 때나 잡을 때 그녀가 자신을 알아봤을 수도 있을 것이라고 판단했다.

어째서 연종초가 자신을 볼 수도 있을 것이라고 생각하지 않은 것인지 그게 실수다.

그러나 실수고 뭐고 간에 그런 경황 중 연종초를 염두에 둔다는 자체가 어불성설이다.

화운룡은 연종초를 쳐다보지 않고 더욱 속도를 높여서 북쪽 지하 통로가 있는 곳으로 쏘아갔다.

그런데 그때, 옥봉과 자봉이 동시에 화운룡을 공격해 왔다.

쉬이익!

말도 안 되는 일이고 또 화운룡으로서는 추호도 예상하지 못했던 일이다.

두 팔이 자유로운 옥봉은 쌍도를, 한 손으로 옥봉의 발을 잡고 있는 자봉은 한 자루 도를 맹렬하게 휘두르면서 그의 상체를 베어왔다.

쏴아악!

천신국의 절초 오금마극 중에 한 수법이다. 화운룡이 보기에 옥봉과 자봉의 합공은 거의 사백 년 공력이 담겨 있어서 방심할 수가 없다.

그가 호신강기를 펼친다면 반탄력 때문에 두 여자가 다치거나 심할 경우 팔이 잘려질 수도 있다.

그렇다고 가만히 있을 수도 없는 노릇이라서 그는 순간적으로 명천신기를 끌어 올려 잡고 있는 옥봉의 팔을 통해 거세게 주입시켰다.

후우웃!

명천신기는 누구를 공격할 수 있는 공력이 아니라 상처나 내상을 치유하기 위해서 특수한 수법으로 변형시킨 내가진기(內家眞氣)의 일종이다.

그런데 화운룡은 옥봉의 체내로 다량의 명천진기를 주입해서 순간적으로 그녀와 그녀의 다리를 잡고 있는 자봉을 무력화시키려고 했다.

이론상으로는 충분히 가능하지만 지금껏 한 번도 실행해 본 적이 없는 방법이다.

명천신기로 옥봉을 무력화시키지 못한다면 화운룡의 상체 여러 군데가 베어지고 말 것이다.

그것이 그를 죽일 수도 있고 중상을 입힐 수도, 불구로 만들 수도 있을 것이다.

만약 명천신기가 없었다면 그는 잡고 있는 옥봉의 팔을 놓을 수밖에 없었을 것이다.

그런데 세 자루 도가 화운룡의 몸에 닿기 직전에 갑자기 두 여자가 팔을 아래로 늘어뜨렸다.

그녀들은 온몸의 기력이 한꺼번에 빠져나간 것 같은 행동에 팔을 늘어뜨리면서 도마저 놓쳐 버리고 말았다.

그런데 옥봉의 발목을 잡고 있던 자봉이 몸에 힘이 빠지자 발목을 놓쳐 버렸다.

화운룡은 자봉을 향해 급히 다른 손을 뻗었다.

스우웃!

그 즉시 접인신공이 발휘되어, 화운룡은 자봉을 끌어당겨 손으로 팔을 잡고 계속 북쪽으로 쏘아갔다.

그로서는 지금 연종초가 어떻게 하고 있는지 쳐다보거나 확인할 겨를조차도 없다.

그뿐만이 아니라 옥봉과 자봉에게 찰나지간 주입한 명천신기가 과연 얼마 동안이나 그녀들을 무력하게 만들 것인지 가늠할 수가 없다.

현재 화운룡이 할 수 있는 일은 전력을 다해서 북쪽 절벽 아래 지하 통로 입구까지 쏘아가는 것뿐이다.

지하 통로 안으로 들어가 바위로 입구를 막고 나서야 옥봉과 자봉을 잠시나마 살펴볼 여유가 생길 것이다.

만약 그녀들이 지금 당장 기력을 되찾아서 또다시 저항을 한다면 화운룡으로서는 어떻게 손을 써볼 재간이 없다.

재차 명천신기를 주입하느라 지체한다면 어디에 있을지 모를 연종초가 내리꽂혀 무슨 짓을 할지 모른다.

그러나 그때, 연종초는 천만다행으로 다른 방향을 향해서 빛처럼 빠르게 쏘아가고 있는 중이다.

오혈대 이백칠십여 명의 합공의 여파를 등에 업은 데다 그녀 스스로 전력을 다해서 날아가고 있는 도중에 화운룡을 발견했던 것이므로, 순간적으로 멈추거나 방향을 전환하는 것이 불가능했다.

연종초는 무서운 속도로 날아가는 것을 멈추려고 애쓰는 한편 상체를 돌려서 화운룡을 찾아보려고 했다.

그런데 그녀의 날아가는 속도가 늦춰지자 오혈대 수십 명이 허공 후미 쪽으로 솟구치며 공격해 오기 시작했다.

조금 전에 화운룡을 발견했던 지점에서는 더 이상 그의 모습이 보이지 않았다.

그렇지만 그를 찾으려고 두리번거리는 것은 재차 합공을 개시하고 있는 오혈대 때문에 무위에 그쳤다.

"이놈들!"

연종초는 분노가 솟구쳤다. 이렇게 화가 나는 것은 일 년 반 전 화운룡을 죽인 스스로에게 분노한 이후 처음이다.

그녀는 잡고 있던 연군풍을 놓고 오른손을 위로 뻗었다.

스으응…….

그녀의 손에는 분명히 아무것도 없었는데 느닷없이 허공에서 흐릿하게 붉은 기운이 감돌더니 어느새 그녀의 손에 한 자루 검이 쥐어졌다.

그러나 그 검은 보통 검이 아니라 공력으로 만들어낸 무형검(無形劍)이다.

연종초가 손을 놓은 바람에 아래로 하강하고 있는 연군풍에게 연종초의 전음이 전해졌다.

[군풍아, 너는 나를 도울 생각 하지 말고 안전한 곳에 숨어 있어라.]

연군풍이 놀라서 위를 쳐다보자 연종초가 무형검인 혈옥신검(血玉神劍)을 휘둘러 오혈대를 도륙하기 시작했다.

화운룡은 연종초와 오혈대로부터 꽤 멀리 떨어져 나왔다가 다시 한번 명천신기로 옥봉과 자봉을 무력화시켰다.

그 바람에 날아가던 속도가 감소됐으나 즉시 속도를 높여 계속 북쪽으로 쏘아갔다.

그런데 그때 뒤쪽에서 외침이 터졌다.

"운룡!"

연종초의 목소리다.

화운룡은 움찔해서 부지중에 뒤돌아보았다.

삼백 장쯤 뒤쪽 허공에서 연종초가 거의 빛과 같은 속도로 쏘아오면서 다시 한번 외쳤다.

"운룡! 제발 기다려요!"

절규나 다름없는, 처절하기 짝이 없는 외침이다.

연종초 뒤쪽으로 오혈대가 새카맣게 추격하고 있다.

그런데 오혈대의 수가 수백, 아니, 천여 명에 이르렀다.

오혈대가 산중 호수 십륭해에 속속 도착하여 물속으로 뛰어들어 용황락에 진입한 것이 분명하다.

연종초는 다행히 오혈대를 따돌리고 싸움에서 벗어나 화운룡을 찾아 헤매다가 끝내 그를 다시 발견했다.

그리고 지금 자신을 돌아보고 있는 저 그리운 얼굴은 화운룡이 분명했다.

눈물을 흘리면서 백발을 휘날리며 쏘아가고 있는 연종초의 속도가 워낙 빠른 탓에 오혈대는 뒤로 쭉쭉 멀어졌다.

화운룡이 다시 전방을 보면서 사력을 다해서 쏘아갈 때 뒤쪽에서 연종초가 울음을 터뜨렸다.

"으아앙! 운룡! 잘못했어요! 용서해 주세요!"

지하 통로에 들어온 화운룡은 양손에 잡고 있던 옥봉과 자봉을 놓고 쌍장을 통로 천장으로 뻗었다.

꾸우웅!

천장이 한꺼번에 무너져 내리자 화운룡은 재빨리 옥봉과 자봉을 양쪽 옆구리에 끼고 나는 듯이 지하 통로를 달려가기 시작했다.

연종초는 백여 장 전방의 절벽 아래쪽에서 쏘아가던 화운룡이 갑자기 사라지는 광경을 보았다.

그래서 그녀는 화운룡이 절벽 뒤쪽에 있을 법한 은밀한 장소에 숨거나 어딘가로 갈 수 있는 비밀 통로로 들어갔을 것이라고 생각했다.

연종초는 화운룡이 어째서 자신을 보고 도망치는 것인지, 그가 무엇 때문에 오혈대 두 명을 양손에 잡고 있는 것인지에 대해서는 생각조차 해보지 않았다.

그녀는 그저 소나기처럼 펑펑 쏟아지는 눈물 너머로 오로지 화운룡의 모습만 보일 뿐이다.

후우우…….

화운룡 때문에 정신이 거의 나가 버린 상태인 그녀는 머리 위에서 아주 흐릿한 음향을 듣고 아무 생각도 없이 위를 올려다보았다.

그리고 그곳에 매우 낯익은 얼굴의 여자가 자신을 향해 한 자루 금빛 검을 쏘아내고 있는 것을 보았다.

"조음(潮音) 언니…….."

연조음(淵潮音)이라는 이름을 갖고 있는 그녀는 대외적으로는 천신국 좌호법 청룡천제라는 신분이며 사적으로는 연종초의 둘째 언니이기도 했다.

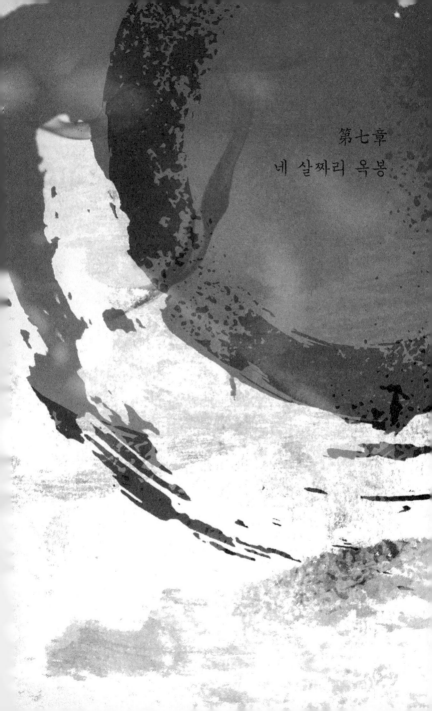

第七章

네 살짜리 옥봉

　지하 통로 중간쯤에 이르렀을 때 화운룡은 세 번째로 옥봉
과 자봉에게 명천신기를 주입했다.

　화운룡이 두 여자를 안고 지하 통로를 가고 있을 때 그녀
들이 기력을 회복하여 느닷없이 그에게 공격을 퍼붓는 것을
방지하기 위해서다.

　"아……."

　그런데 화운룡이 명천신기를 주입하고 손을 떼었을 때 옥
봉이 나직한 한숨을 토해냈다.

　화운룡은 가볍게 놀라서 바닥에 앉아 있는 옥봉의 얼굴을

자세를 낮추며 자세히 쳐다보았다.

이 순간 봉애의 얼굴은 얼마 전까지 강시화된 죽은 자의 얼굴이 아니고 양쪽 뺨이 발그레하게 붉은 데다 눈에 흐릿하게나마 총기가 어른거렸다.

화운룡은 크게 기뻐하며 급히 두 손으로 옥봉의 어깨를 잡고 흔들었다.

"봉애!"

그런데 옥봉은 화운룡을 바라보면서 커다랗고 흑백이 또렷한 눈을 깜빡거리기만 할 뿐이지 아무 말도 아무런 표정도 짓지 않았다.

"봉애, 나야. 나 알아보겠어?"

화운룡이 마주 앉아서 얼굴을 가깝게 들이밀어 보지만 묵묵부답이긴 마찬가지다.

그가 자봉을 보니까 그녀도 옥봉과 비슷했다. 아까 같은 강시 얼굴은 아니지만 그녀도 화운룡을 알아보지 못했고 벙어리처럼 말을 하지 않았다.

'명천신기가 뭔가 영향을 끼친 것이다.'

화운룡은 양손으로 두 여자의 손목을 잡고 명천신기를 지금까지보다 더 강하게 주입했다.

"으음……."

"아아……."

그러자 옥봉과 자봉이 자지러지듯이 몸을 부르르 떨면서 나직한 탄성을 토해냈다.

"앗!"

두 여자의 안색이 갑자기 하얗게 변하는 것을 본 화운룡은 급히 주입을 중단하고 손을 뗐다.

그렇지만 명천신기가 이미 다량 주입된 터라서 그녀들은 뒤로 발랑 누워서 가느다란 몸을 바르르 떨며 눈에서 눈동자가 사라지고 있었다.

"봉애!"

혼비백산한 화운룡은 어떻게 해야 할지 몰라서 크게 당황하여 허둥거렸다.

경험이 풍부한 그이지만 이런 상황은 한 번도 겪어본 적이 없는 데다 자지러지고 있는 사람이 목숨과도 같은 옥봉이라서 더욱 당황했다.

'당황하면 안 된다. 침착하자… 침착하자……'

그는 마음을 가라앉히려고 몇 차례 심호흡을 했다.

팍!

연조음이 발출한 금빛 검 금옥신검(金玉神劍)이 연종초의 왼쪽 어깨를 위에서 아래로 관통했다.

그러나 연종초는 신음 소리조차 흘리지 않고 단지 몸을 약간 움찔 떨었을 뿐이다.

그리고 화운룡 생각으로 가득 차 있던 그녀의 뇌에 새로운 상황이 들이붓듯이 각인됐다.

'조음 언니가 반역의 수괴다……!'

입술을 깨문 연종초는 허공중에서 몸을 뒤집으며 오른손으로 무형검인 혈옥신검을 만들어냈다.

스으응!

방금 전에 연조음이 금옥신검으로 연종초의 왼쪽 어깨를 관통한 수법도 무형검이다.

천신천세천극검(天神天世天極劍)이라는 특이한 초식명에 '천'자가 세 개나 들어가서 '삼천검(三天劍)'이라고도 불리는 천신국 최고절학이다.

오로지 천신국의 여황만이 연마할 수 있는 일인전승의 검법절학을 좌호법인 청룡천제 연조음이 전개한 것이다.

연종초의 왼쪽 어깨를 관통하고 아래로 하강했던 금옥신검이 급속도로 방향을 바꾸더니 재차 그녀를 향해 아래에서 무서운 속도로 쏘아왔다.

천신천세천극검은 공전절후의 엄청난 위력을 지닌 세 가지 수법을 지니고 있다.

호신강기는 물론이고 눈에 보이는 것이나 보이지 않는 지상에 있는 모든 물체를 벨 수 있는 무형의 천신검을 공력으로 만들어내는 것이 첫 번째다.

천신검을 날려서 자유자재로 조종하여 무려 십 리 밖의 표적까지 명중시킬 수 있는 이기어검술 천세어비검(天世馭飛劍)이 두 번째 신기다.

마지막 세 번째는 천극파멸검(天極破滅劍)이다. 초식명이 대변하듯이 가로막는 모든 것들을 파멸시키는 검법이다. 무공의 종류가 검법일 뿐이지 위력은 현존하는 그 어떤 강기보다도 극강한 초유의 강기다.

지금 연조음이 전개하고 있는 수법은 삼천검 중에 두 번째 초식인 천세어비검이다.

연종초와 연조음의 삼천검에 다른 차이가 있다면 무형의 천신검을 만들었을 때 연종초는 강렬한 핏빛을 뿜어내는데 연조음은 금빛이라는 사실이다.

그것은 두 사람의 심법이나 신공이 다르기 때문에 나타나는 현상일 뿐이다.

연종초는 아래에서 쏘아 오르고 있는 금옥신검을 향해 오른손으로 만든 혈옥신검을 던지고, 즉시 연조음을 향해 둥실빛과 같은 속도로 떠오르며 쏘아갔다.

쉐애앵!

바람을 쪼개는 음향을 내며 혈옥신검이 금옥신검을 향해 곧장 부딪쳐 갔다.

그와 동시에 연종초는 연조음을 향해 무서운 속도로 상승하며 왼손을 뻗었다.

연종초의 오른손은 아래쪽 혈옥신검을 향해 뻗어 있다. 오른손을 거두면 더 이상 공력을 보내지 못하기 때문에 혈옥신검이 사라지고 만다.

같은 조건이기 때문에 연조음도 오른손을 금옥신검을 향해 뻗고 있다.

연조음은 혈옥신검이 자신의 금옥신검을 향해 부딪쳐 가는 것을 보고 연종초가 무엇을 하려는 것인지 간파했다.

연종초는 자신의 혈옥신검이 금옥신검에 부딪치기 직전에 삼천검의 마지막 절초식인 천극파멸검을 전개했다.

혈옥신검에 부딪친 금옥신검이 파괴되어 소멸되면서 그것과 연결되어 있는 보이지 않는 공력의 선(線)을 타고 연종초의 공력이 연조음을 공격하게 되는 것이다. 즉, 연조음에게 내상을 입히려는 의도다.

연종초가 발출한 천극파멸검은 금옥신검과 연조음 둘 다 파멸시키려고 한다.

연종초는 연조음의 공력이 자신보다 아래일 것이라고 확신하기에 이런 방법을 선택했다.

만약 그녀가 착각해서 연조음의 공력이 더 심후하다면 다치거나 죽는 쪽은 연종초가 될 것이다.

그렇지만 연조음은 금옥신검을 거두지 않았다. 어쩌면 거둘 겨를이 없었을지도 모른다. 그게 아니라면 연종초의 공력과 맞부딪쳐도 자신이 있든지.

쩌러렁!

혈옥신검과 금옥신검이 거세게 충돌하면서 주위의 공기가 격렬하게 격탕했다.

"어흑!"

연조음은 커다란 쇠망치로 가슴 한복판을 무지막지하게 얻어맞은 충격을 받았다.

연조음이 기대하고 있던 기적 따위는 일어나지 않았다. 역시 연종초의 공력이 연조음보다 심후했다.

그러나 연종초가 기대했던 것처럼 연조음은 일패도지하지 않고 가볍지 않은 내상을 입는 정도에 그쳤다.

내상을 입은 연조음은 입에서 핏덩이를 울컥 토해내고는 아래에서의 엄청난 충격에 휘말려서 빙글빙글 회전하며 위로 빠르게 떠올랐다.

그 덕분에 쏘아 오르며 연종초가 발출한, 강맹한 천마혈옥강을 피할 수가 있었다.

연종초는 더욱 빠르게 연조음을 추격하며 이를 갈았다.

"이년……! 죽이고야 말겠다……!"

둘째 언니 연조음이 반역을 꾀했다는 것보다는 연조음 따

위가 감히 정인의 용황락을 더럽혔다는 신성모독이 연종초를
극도로 분노하게 했다.

화운룡은 지하 통로를 통해서 용황락 바깥까지 나오는 데
반시진이나 걸렸다.

원래 이각 남짓 걸리는 거리인데 명천신기를 주입한 옥봉과
자봉의 상태가 매우 좋지 않아서 그녀들을 돌보느라 일각 이
상 시간을 허비했다.

얼굴이 새하얗게 변하고 눈을 까뒤집으며 금방이라도 죽을
것 같은 모습의 옥봉과 자봉을 위해서 화운룡이 해줄 수 있
는 일은 아무것도 없었으며 그저 지켜보면서 속만 새카맣게
태웠을 뿐이다.

결과적으로 옥봉과 자봉은 한동안 몸을 바들바들 떨다가
혼절해 버렸다.

놀란 화운룡이 진맥을 해보니까 다행히 위험한 상태는 아
니라서, 그녀들을 양 옆구리에 끼고 지하 통로를 달려 이제야
바깥으로 나온 것이다.

출구로 나온 화운룡은 즉시 목에 걸고 있던 호각을 입에
물고 길게 불었다.

삐이이—

그러고 나서 잠시 기다렸으나 가루라가 나타나지 않아 이

번에는 조금 더 길게 호각을 불었다.

그런데도 가루라가 나타나지 않자 화운룡은 주대영과 주화결, 야말 등에게 무슨 일이 생겼다고 직감했다.

가루라는 천고의 영물이라서 호각을 불면 즉각 나타나야 하는데도 아직까지 나타나지 않는 것을 보면 그들에게 변고가 발생한 것이 틀림없다.

화운룡을 기다리고 있어야 할 야말이 가루라를 몰고 떠났을 리가 없다.

그러므로 가장 먼저 떠오르는 제일감은 천여황이 가루라를 불렀을 것이라는 추측이다.

야말의 말에 의하면 가루라는 천여황의 호신조(護神鳥)이며 동절내신군이 맡고 있다고 했다.

그러니까 천여황이 오혈대를 피해서 용황락을 탈출할 때 가루라를 발견했을 수 있으며, 그래서 가루라를 타고 이곳을 탈출했을 가능성이 가장 크다.

그렇다면 여기에서 더 이상 얼쩡거리고 있는 것은 어리석은 일이다.

화운룡은 여전히 혼절해 있는 옥봉과 자봉을 양 옆구리에 끼고 전력을 다해서 그곳을 벗어났다.

가루라에 타고 있던 주대영과 주화결이 어떻게 됐을지 걱정됐으나 지금으로썬 그들을 위해서 뭘 어떻게 해줄 방법이 전혀 없는 상황이다.

한시바삐 이곳에서 멀리 벗어나 안전한 장소를 찾아서 옥봉과 자봉의 상태를 살피고 또 그녀들에게 가해진 금제를 푸는 것이 급선무다.

주대영과 주화결은 가루라 등에 지어진 집 안의 구석에 웅크린 채 잔뜩 겁먹은 얼굴이다.

두 사람은 아직도 놀람이 가시지 않아서 가슴이 벌렁거리고 정신이 반쯤 나간 상태다.

일각쯤 전에 두 사람은 야말, 이시굴, 소노아와 함께 가루라를 타고 십룡해 상공을 선회하면서 화운룡이 나오기만을 기다리고 있었다.

그때 독특한 소리가 들려왔으며 그 소리를 들은 야말이 크게 놀라서 '여황 폐하!'라고 낮게 부르짖었다.

그것은 '삑리리리~ 삑삑리리리~'라는 흉내 내기 어려운 소리였는데 야말이 뭐라고 하기도 전에 가루라가 쏜살같이 소리의 발원지로 날아갔다.

그리고 모두들 그곳 밤하늘에 둥실 떠 있는 세 사람을 보고 소스라치게 놀랐다.

지상에서 삼백여 장 높이 밤하늘에 세 명의 여자가 둥둥 떠 있는 모습을 보고 놀라지 않을 재간이 없다.

세 여자는 연종초와 연군풍, 우호법인 백룡천제 연본교(淵本嬌)였다.

연종초는 연조음과 본절외신군이 이끄는 오혈대 천칠백여 명의 합공을 받으면서 치열하게 싸우다가 도저히 상대할 수가 없다는 판단을 내렸다.

그래서 부상을 입은 연군풍과 백룡천제 연본교를 잡고 용황락 상공을 수직으로 솟구쳐서 탈출했다.

연종초는 밤하늘 삼백여 장 높이까지 솟구쳐서 사방을 둘러보다가 멀지 않은 곳에서 선회비행을 하고 있는 가루라를 발견하여, 그녀가 늘 지니고 다니는 여황 전용의 호각을 불어 가루라를 부른 것이다.

가루라에 올라탄 천여황을 직접 목격한 야말이 온몸을 사시나무처럼 떨어대는 것은 당연한 일이다.

야말이 연종초 앞에 부복하여 예를 취하고 이시굴과 소노아는 거의 까무러칠 정도로 온몸을 떨어댔다.

연종초는 한쪽에 우두커니 서서 대경실색하고 있는 주대영과 주화결을 보고 누구냐고 물었고, 야말은 더듬거리면서 동천국 오란오달에 있는 오해란룡방 사람이라고 자신이 알고 있는 바를 보고했다.

주대영과 주화결이 동천국의 장사치라는 말을 들은 연종초는 자세한 설명은 나중에 듣기로 하고 일단 가루라를 밤하늘 천여 장 높이로 상승시켰다.

그녀는 비록 용황락에서 쏘아 나왔지만 이대로 도망칠 생각이 추호도 없었다.

용황락 안에서 화운룡을 보았기에 무슨 일이 있어도 그를 찾아내는 것이 첫 번째 목적이다.

그다음에는 자신을 죽이러 오고 또 용황락 성지를 더럽힌 연조음 이하 반역의 무리들이 나오기를 기다렸다가 깡그리 도륙하는 것이 두 번째 목적이다.

가루라가 밤하늘 천여 장 높이로 솟구치고 있을 때 화운룡이 호각을 불었으나 워낙 먼 곳이어서 그 소리를 들은 것은 연종초와 가루라뿐이었다.

연종초는 예전에 그런 소리를 한 번도 들어본 적이 없었기에 밤새가 우짖는 소리라고 치부했다.

그리고 가루라는 자신의 주인을 태우고 있으므로 다른 호각 소리 따위는 무시해 버린 것이다.

*　　　　　*　　　　　*

화운룡이 빠져나온 지하 통로는 용황락 남쪽에 있으며 십룡해하고는 정반대 방향이다.

지하 통로에서 빠져나온 화운룡이 만약 십룡해 쪽으로 달려갔더라면 가루라에서 내려다보고 있는 연종초의 날카로운 눈에 띄었을 것이다.

하지만 그는 십룡해 반대편인 용황락의 지하 통로 남쪽으로 나와서 또 남쪽으로 방향을 잡고 전력으로 달렸다.

호각을 불어도 가루라가 날아오지 않는 이유가 천여황 때문이라고 판단한 그는 될 수 있는 대로 용황락에서 멀어지려고 애쓰는 것이다.

그가 짐작한 것처럼 천여황이 용황락에서 탈출하여 정말 가루라에 탔다면 야말이 여태까지 있었던 일의 전말을 모두 얘기할 것이다.

천여황 앞에서 야말이 거짓말을 할 리가 없고 거짓말을 할 이유도 없다.

야말이 진실을 모두 실토하면 주대영과 주화결은 목숨을 부지하기 어려울 것이다.

그뿐만 아니라 동천국에 있는 오해란룡방을 비롯한 해룡상단도 무사하지 못할 터이다.

천신국 전역에는 수만 명의 해룡상단 사람들이 진출하여 뿌리를 내리고 있는데 그들의 목숨이 바람 앞에 놓인 촛불 신세가 될 것이라는 의미다.

아무리 그렇다고 해도 화운룡이 지금 당장 해야 할 일은 용황락에서 최대한 멀리 도망친 후에 옥봉과 자봉을 살려내는 일이다.

그런 다음에 중원의 해룡상단을 찾아내서 동천국 오해란룡
방의 일을 해결해야 할 터이다.

동이 트기 전에 화운룡이 찾아든 곳은 어느 이름 모를 강
가에 위치한 제법 깊은 동굴 속이다.

양 옆구리에 옥봉과 자봉을 끼고 두 시진 이상 쉬지 않고
전력으로 백오십여 리를 달려왔다.

끝없이 펼쳐진 산악지대에 사방 어디를 쳐다봐도 인가나 사
람이라곤 그림자조차 보이지 않는 깊은 산중이다.

무엇보다도 천여황의 추격이 께름칙하기 때문에 최대한 멀
리 도망치려고 애썼다.

천여황에게는 씻지 못할 원한이 있어서 기회만 되면 복수
를 하고 싶지만 지금은 그럴 시기가 아니다.

그런데 동굴 바닥에 눕혀놓고 얼마 지나지 않아서 옥봉과
자봉이 거의 똑같이 깨어났다.

두 여자가 나란히 누워서 눈을 빤히 뜨고 낮은 동굴 천장
을 바라보며 눈을 깜빡거렸다.

두 여자의 눈이 초롱초롱한 것을 보고 강시에서 풀려났다
고 판단한 화운룡은 적잖이 마음이 놓였다.

"봉애."

화운룡이 부르자 옥봉의 시선이 그를 향했다가 갑자기 깜짝 놀라면서 눈이 커다랗게 떠졌다.

"아……!"

그녀가 자신을 알아본 것일지도 몰라서 화운룡은 심장이 터질 것처럼 기뻤다.

"봉애, 나를 알아보겠어?"

지금 심정 같아서는 고함이라도 지르고 싶은데 천여황이 듣기라도 할까 봐 겨우 억눌렀다.

옥봉이 그를 보면서 눈을 크게 뜨고 해맑은 표정을 지으며 말문을 열었다.

"아저씨는 누구세요?"

"……."

옥봉의 느닷없는 말에 화운룡은 멍해졌다.

그런데 옥봉이 부스스 상체를 일으키더니 두려운 듯한 표정으로 주위를 두리번거렸다.

"아저씨, 여긴 어디예요?"

"봉애……."

화운룡은 옥봉의 목소리가 어린아이의 그것과 같아서 큰 충격을 받았다.

"봉애, 왜 그러는 거야?"

옥봉이 갑자기 왜 이러는 것인지 모르지만 화운룡은 왠지 불길한 예감이 더럭 들었다.

옥봉이 초롱초롱한 눈으로 화운룡을 바라보며 서너 살 어린아이 목소리로 말했다.

"아저씨, 제 이름은 주옥봉이에요. 봉애가 아니에요. 그러니까 저를 부르려면 봉아라고 부르세요."

'설마 이것은⋯⋯.'

박식함과 총명함이 지나칠 정도인 화운룡이라서 지금처럼 황당한 상황에도 옥봉이 어째서 이렇게 이상한 행동을 하는 것인지 짐작할 수 있었다.

옥봉은 천외신계의 참신멸혼대법이라는 악마의 수법에 의해서 기억과 인성이 말살되고 강시가 됐거나 아니면 강시화가 진행되고 있던 중이었다.

그런 상태의 옥봉의 체내에 내상이나 외상을 말끔히 치료하는 전설의 명천신기가 몇 차례 주입되면서 뜻하지 않은 반응이 일어났다.

즉, 옥봉이 이미 강시가 됐든 아니면 강시화가 진행되는 중이었든 그것이 명천신기로 인해서 치유됐으며 아울러서 말살됐던 기억과 인성이 회복됐다.

그렇게만 됐으면 더없이 좋을 텐데 기억과 인성이 완전히 원상회복된 것이 아니라 어린아이 서너 살 때의 기억까지만 회복된 것이 분명하다.

지금 상황을 봐서는 그것 말고는 옥봉이 이렇게 될 하등의 이유를 생각해 낼 수가 없다.

옥봉에게 명천신기가 어느 정도 먹히기는 했는데 제대로 먹히지 않았다는 얘기다.

옥봉은 영락없는 서너 살 어린아이의 눈빛과 표정으로 화운룡을 바라보았다.

"아저씨, 저희 부모님은 어디에 계신가요? 어째서 제가 이런 곳에 있는 거죠?"

서너 살 어린아이의 목소리인데도 발음은 정확하고 구사하는 말도 또렷했다.

어릴 때에 이미 황천봉추(皇天鳳雛)라는 아호를 얻었을 만큼 눈부신 천재성을 보였다는 옥봉다웠다.

화운룡의 낙담은 무엇보다도 컸지만 그는 곧 낙담을 희망으로 받아들였다.

지금 눈앞의 옥봉이 전혀 치료되지 않은 강시에다가 기억과 인성까지 말살된 상태라면 화운룡으로서는 그저 망연자실할 수밖에 없을 것이다.

그런데 지금은 명천신기로 인해서 강시화가 치료되었으며 기억과 인성이 서너 살 수준이라도 회복되었으니 앞으로 가능성이 있다는 얘기가 아니겠는가.

그때 누워 있던 자봉이 상체를 일으켜 앉으며 화운룡을 바라보았다.

화운룡은 옥봉의 경우를 비추어 봐서 자봉에게 큰 기대를 하지 않았다.

자봉은 조금 전에 옥봉이 그랬던 것처럼 눈을 깜빡거리면서 화운룡을 바라보았다.

그런데 자봉의 눈빛이 옥봉보다 더 반짝이는 것 같아서 화운룡은 살짝 긴장했다.

'설마……'

똑같은 명천신기라도 사람마다 달리 작용할 수 있기에 자봉의 기억과 인성이 완전히 회복될 수도 있다.

자봉은 장미 꽃잎 같은 입술을 나풀거렸다.

"아찌, 누구야?"

"어이구야……"

기대가 컸던 만큼 실망도 큰 화운룡은 엉덩방아를 찧으며 그 자리에 퍼질러 앉았다.

화운룡은 졸지에 두 명의 어린 여자아이의 보호자가 돼버리고 말았다.

진짜 어린아이면 다루기나 쉬울 텐데 둘 다 십구 세 다 큰 말만 한 처녀가 서너 살짜리 어린아이처럼 행동하니까 기가 막힐 노릇이다.

지금 덩치 큰 두 어린아이는 나란히 앉아서 눈물을 뚝뚝 흘리고 있다. 배가 고프니까 먹을 것을 달라면서 말이다.

그렇다고 여느 어린아이들처럼 떼를 쓰거나 소리 높여 울며 투정을 부리는 것이 아니라 둘이 나란히 앉아서 조용히 눈물만 흘리고 있다.

자봉이 더 심하게 우는 편인데 옥봉이 이따금 자봉을 안아주면서 배가 고파도 조금만 참으라고 달래는 모습이 여간 어른스럽지 않았다.

그런데 신기한 것은 두 여자, 아니, 두 어린아이가 서로를 잘 알고 있다는 사실이다.

하긴 옥봉과 자봉은 동갑내기 사촌지간으로 걸음마를 하기 전부터 같이 자라다시피 했다니까 그럴 만도 하다.

계속 울고 있는 자봉을 달래던 옥봉이 화운룡을 바라보면서 조용히 불렀다.

"저… 아저씨."

옥봉과 자봉을 열아홉 살 어른의 인성으로 제대로 환원하려면 어떤 방법을 써야 할지 곰곰이 생각하던 화운룡은 물끄러미 옥봉을 쳐다보았다.

"여기가 어디예요? 그리고 우리가 왜 아저씨와 같이 있는 건가요?"

옥봉은 서너 살 아이라고는 할 수 없을 정도의 영특한 사리판단을 하고 또 질문을 했다.

"봉애."

"제 이름이 주옥봉이라고 했죠? 그러니까 봉아라고 부르세요, 아저씨."

그런 것까지도 똑 부러졌다.

"그래, 봉아."

"네, 아저씨."

사랑하는 아내 옥봉에게 '아저씨' 소리나 들어야 하고 또 그녀가 자신을 알아보지 못한다는 것이 씁쓸한 화운룡이지만 이내 마음을 추슬렀다.

"봉아, 너는 몇 살이니?"

조금 전까지 울고 있던 옥봉은 화운룡의 물음에 눈을 초롱초롱 빛내면서 공손히 대답했다.

"네 살이에요, 아저씨."

"그래. 네 살이구나."

옥봉은 네 살까지의 기억을 회복한 것이다.

네 살 옥봉은 문득 얼굴을 찡그렸다.

"아아……."

화운룡은 갑자기 뭔가 잘못된 것이 아닌가 싶어서 가슴이 덜컥 내려앉았다.

"왜 그러니?"

옥봉은 무릎을 꿇고 앉아서 두 손으로 하체를 지그시 누르며 두리번거렸다.

"쉬야 하고 싶어요."

"나도 오줌 마려워."

그러자 자봉도 울먹이면서 말했다.

옥봉은 빛이 들어오는 동굴 입구 쪽을 기웃거렸다.

"나가서 쉬야 할까요?"

동굴 밖은 낭떠러지고 그 아래는 강이 흐르고 있으며, 무엇보다도 누군가의 눈에 띄면 큰일이다.

"안 된다. 안에서 해라."

"어디에서……"

몹시 급한 듯 옥봉이 일어나서 발을 동동 구르자 자봉은 앉은 자리에서 볼일을 보려는 듯 엉거주춤한 자세로 괴춤을 푸느라 쩔쩔매고 있다.

"기다려라."

깜짝 놀란 화운룡은 동굴 안쪽으로 두 어린여자를 급히 이끌고 갔다.

"여기에서 봐라."

"이거 풀어주세요."

옥봉이 꽁꽁 묶은 허리끈을 풀지 못해서 화운룡에게 허리를 불쑥 내밀고는 소변이 급해서 발을 동동 굴렀다.

"나… 나도 어서… 쉬야 나오려고 해요……."

화운룡이 옥봉의 괴춤을 풀자 자봉은 당장에라도 쌀 것 같은 기세로 허리춤을 내밀었다.

옥봉은 허리춤을 붙잡고 화운룡이 자봉의 허리끈을 풀도록 기다렸다.

어린 나이라고 해도 외간 남자가 보고 있는 곳에서는 볼일을 볼 수 없다고 생각하는 모양이다.

동굴은 입구에서 막다른 곳까지 삼 장 남짓의 길이다.

옥봉과 자봉은 막다른 곳에서 볼일을 보고, 화운룡은 일 장쯤 떨어진 곳에 입구 쪽으로 돌아앉았다.

그랬는데 난데없이 무슨 소리가 터져서 화운룡은 움찔 놀라 급히 옥봉 쪽을 쳐다보다가 불에 덴 듯 화들짝 놀라 다시 고개를 돌렸다.

어두컴컴한 막다른 곳에 두 개의 허연 달덩어리가 나란히 있고 그곳에서 낙숫물 떨어지는 소리가 요란하게 들리고 있던 것이다.

옥봉은 골똘한 표정으로 제 딴에는 깊은 생각에 잠긴 듯한 모습이다.

화운룡은 방금 열아홉 몸을 지닌 네 살짜리 어린아이에게 자신과 옥봉이 어떤 관계인지에 대한 설명을 마쳤다.

그 길고도 파란만장하며 전설이나 신화 같은 운명적 이야기를 네 살짜리 어린아이가 부디 이해하기를 기대, 아니, 갈망하면서 말이다.

그나마 한 가지 위안이 있다면 옥봉이 다섯 살 때부터 꿈속에서 화운룡을 만나러 용황락에 와서 그와 함께 생활했었다는 사실이다.

옥봉이 지금 네 살이고 불과 일 년 후에 화운룡의 꿈을 꾸기 시작했으니까 어쩌면 무언가 연관되는 것이 있지 않을까 하는 바람이 있다.

"어려워요."

옥봉이 고개를 갸웃거리면서 종알거렸다.

"제가 읽은 어떤 서책에도 아저씨가 말한 것 같은 내용은 없었어요."

"무슨 책을 어디까지 읽었지?"

"주역(周易)까지 마쳤어요."

"호오……."

공부를 한다고 하면 대게 사서삼경인데 처음에 대학(大學)을 배우고 그다음에 중용(中庸), 맹자(孟子)의 순서이며 마지막이 주역이다.

모든 학문의 제왕이라는 주역은 미래를 멀리 내다보면서 정치를 하고 천지와 인생의 변화를 알기 위해서 배우는 경전 중의 최고봉이다.

네 살짜리 옥봉이 사서삼경의 마지막이며 만학의 제왕이라
는 주역까지 마쳤다니 정말이지 경악할 일이다.

그러니까 지금 화운룡 앞에 앉아 있는 소녀 몸뚱이를 지닌
데다 어린아이 기억인 옥봉은 지식만큼은 결코 어린아이가
아니라는 얘기다.

"그러니까 제가 다섯 살 때부터 아저씨 꿈을 꾸기 시작했다
는 건가요?"

"그래."

"아저씨는 미래에서 오셨고요?"

"응."

"흐음……."

옥봉은 화운룡 맞은편에 책상다리를 하고 앉아서 고개를
까딱거리며 깊이 생각하고 나서 말했다.

"제가 어떻게 아저씨의 부인이라는 건가요? 저는 이제 겨우
네 살이거든요?"

옥봉이 이해를 하든 하지 못하든 어차피 설명을 시작한 화
운룡은 이제 돌아오지 못할 강을 건넜다는 생각이 들었다.

"봉아, 일어나서 네 몸을 잘 살펴봐라."

옥봉은 일어나서 처음으로 자신의 몸을 이리저리 살펴보다
가 깜짝 놀랐다.

"아아… 제 몸이 어째서 어머니처럼 커진 건가요?"

"너는 어머니만큼 커졌을 뿐만 아니라 어머니보다 더 아름다워졌단다."

"대체 어쩌다가……."

옥봉은 놀라는 것은 잠시고 그다음에는 신기한 듯 자신의 몸을 이리저리 살펴보느라 정신이 없다.

자봉은 정확하게 세 살인지 네 살인지 아직 물어보지 않았지만 그녀도 옥봉처럼 일어나서 자신의 몸을 살펴보면서 어리둥절하다가 놀라서 울음을 터뜨렸다.

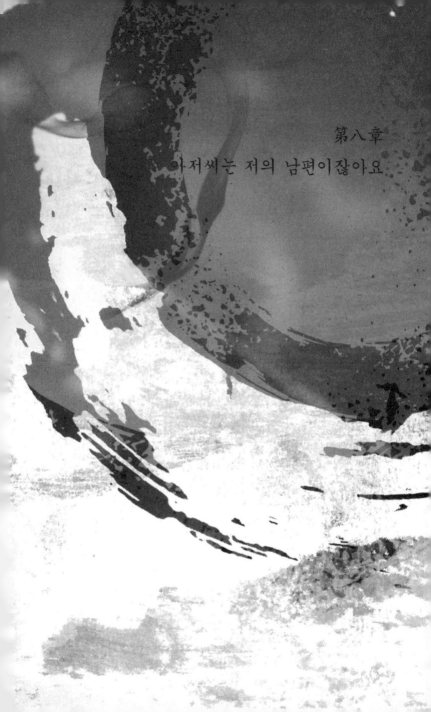

第八章
아저씨는 저의 남편이잖아요

그 바람에 화운룡은 자봉을 안고 달래면서 온화한 목소리로 설명해 주었다.

"내가 봉아에게 하는 말을 너도 들었느냐?"

"네… 아찌."

"넌 몇 살이지?"

"세 살이에요."

"음."

유년기의 한 살 차이면 어른들의 십 년보다 더 큰 차이다. 그러니까 세 살짜리는 네 살짜리에 비해서 인지능력이 크게 떨어지므로 자봉은 화운룡의 설명을 옥봉만큼 이해하지 못했을 것이다.

옥봉만큼은 아니지만 자봉도 어려서부터 천재 소리를 들을 정도로 총명했다는데 총명함은 다 어디로 가고 그저 어린아이처럼 울기만 했다.

"봉령아, 울지 마."

그때 옥봉이 자봉을 앉히고 옆에 앉아 어깨를 사붓이 안으며 위로했다.

자봉이 봉령공주라서 옥봉이 '봉령'이라고 부른 것이다. 어린아이가 어린아이를 위로하는 모습이 익숙하지 않은 화운룡의 눈에는 신기하게만 보였다.

자봉이 울음을 그치자 옥봉이 말끄러미 화운룡을 응시하며 조그만 입술을 나풀거렸다.

"아저씨는 제 어머니를 아세요?"

화운룡이 빙그레 미소를 지었다.

"내가 장모님을 모르겠니?"

"아… 그렇군요."

화운룡과 젊은 장모 사유란하고는 사위 장모가 아니라 남매 이상으로 친한 관계였다.

이 년여 전 화운룡이 지니고 있는 무공이 형편없던 시절에 그는 옥봉의 부친 주천곤과 사유란을 구하러 양주에 갔었던 적이 있었다.

그때 그는 주천곤을 호위장령에게 맡겨서 다른 방법, 다른 길로 가도록 하여 추격자들을 따돌리게 하고, 자신은 사유란과 함께 전혀 다른 방향으로 도주했다.

그 과정에서 사유란은 독사에 물리기도 하고 급류에 휩말려서 떠내려가며 죽을 고비를 넘겼다.

그때마다 화운룡이 그녀를 구해서 독을 빨아내고 인공호흡을 해서 살리느라 애를 먹었었다.

그랬었으니까 화운룡과 사유란은 사위 장모라기보다는 친구처럼 가까운 사이였다.

"제가 아저씨의 부인이라니……."

옥봉은 놀랍고도 신기한 표정을 지었다.

"아저씨, 그런데 저와 봉령은 네 살과 세 살인데 어째서 몸이 어른처럼 큰지 이유를 아세요?"

"안다."

"설명해 주시겠어요?"

"내가 아까 해준 얘기는 다 이해한 것이니?"

"학문적으로는요."

"학문적으로?"

"네. 머리로는 이해가 되는데요… 마음으로는 무슨 뜻인지 아직 모르겠어요."

화운룡은 앞에 마주 보고 앉은 옥봉을 빤히 응시하다가 두 손으로 그녀의 뺨을 감쌌다.

"그렇게라도 이해하다니 훌륭하구나. 황천봉추의 명성을 괜히 얻은 게 아니었어."

"황천봉추라고요?"

"그래. 너는 여덟 살 때 황제로부터 황천봉추라는 아호를 하사받았단다."

"그런가요?"

화운룡은 옥봉의 머리를 쓰다듬었다.

"지금부터 내가 하는 설명은 우리가 부부가 된 이후에 벌어진 일이란다."

"네, 말씀하세요."

옥봉은 더욱 눈을 초롱초롱하게 빛냈다. 그것은 배고프다고 울던 네 살짜리 어린아이의 모습이 아니다.

화운룡은 다 큰 어린아이 둘을 동굴에 남겨두고 밖으로 나갔다가 토끼와 꿩 암컷 까투리를 한 마리씩 잡아왔다.

이어서 강가 무성한 나뭇가지 아래에 몸을 숨기고 토끼와 까투리의 껍질을 벗겨내 먹기 좋은 살코기로 만들어서 동굴로 갖고 들어왔다.

화운룡이 토끼와 까투리를 잡으러 나갔다가 돌아온 반시진 남짓 동안 옥봉과 자봉은 한쪽 벽을 등지고 얌전히 앉아서 기다리고 있었다.

옥봉과 자봉, 그러니까 쌍봉은 화운룡이 양손에 쥐고 들어오는 살코기를 말끄러미 바라보았다.

"그걸 먹는 거예요?"

자봉이 얼굴을 찌푸리면서 물었다. 그런 걸 어떻게 먹느냐는 뜻이다.

세 살짜리 그녀의 기억 속에는 으리으리한 왕궁에서 호의호식하던 일만 남아 있었다.

그렇지만 옥봉은 차분한 얼굴로 화운룡을 바라볼 뿐이다.

옥봉은 화운룡이 설명해 준 모든 과정을 다 듣고 그가 먹을 것을 구하러 동굴 밖에 나가 있는 동안 제 딴에는 열심히 그 얘기들을 이해하고 짜 맞추느라 애썼다.

그래서 지금은 정확하지는 않지만 자신들이 처한 상황을 어느 정도는 이해하게 되었다.

화운룡은 쌍봉 앞에 앉아서 온화하게 미소 지었다.

"이게 이래뵈도 맛있는 고기란다. 내가 먹을 수 있게 요리를 해주마."

그는 극양지기를 끌어 올려서 양손에 쥐고 있는 살코기를 익히기 시작했다.

츠으으……

살코기에서 김이 모락모락 나면서 구수한 냄새가 동굴 안에 퍼지자 옥봉은 눈을 동그랗게 뜨며 신기한 표정을 지었고 자봉은 먹고 싶어서 몸을 들썩거리며 침을 흘렸다.

잠시 후에 화운룡은 잘 익은 살코기를 옥봉과 자봉에게 한 덩이씩 주었다.

"자, 먹어라."

자봉은 살코기를 두 손으로 덥석 잡더니 뜨거워서 비명을 지르며 급히 떨어뜨렸다.

"앗!"

화운룡은 손을 내밀어 떨어지는 살코기를 받아 손에 한기를 주입하여 살코기의 뜨거움을 살짝 식힌 다음에 다시 자봉에게 내밀었다.

"이제 뜨겁지 않으니까 먹어라."

옥봉은 화운룡의 손에 하나뿐인 살코기를 가리키며 예쁘게 미소 지었다.

"저는 아저씨와 나눠서 먹을 거예요."

"나는 먹지 않아도 배부르니까 괜찮다. 너나 많이 먹어라."

화운룡이 기특해서 머리를 쓰다듬자 옥봉은 자못 진지한 표정을 지었다.

"사람이 어떻게 음식을 먹지 않고도 배부르죠?"

"그러니까 나는……."

"그 방법을 우리에게도 가르쳐 주세요. 그럼 아저씨께서 먹을 것을 구하러 다니지 않아도 되잖아요."

사실 화운룡은 무공이 초극경지에 이른 덕분에 며칠 굶는다고 해도 허기를 느끼지 않는다.

옥봉의 말을 듣고서 무슨 생각을 떠올린 화운룡은 살코기를 반으로 뉘서 옥봉에게 절반을 주었다.

"꼭꼭 씹어서 먹어야 한다."

"네."

옥봉은 살코기를 받으면서 환하게 웃었다.

화운룡은 조금 전에 옥봉이 한 말 때문에 떠올린 생각 즉, 그녀들이 오혈대로서의 무공을 여전히 지니고 있다면 허기쯤은 능히 이길 수 있으며 다른 몇 가지를 실행하는 것도 가능할 수 있다는 생각을 구체적으로 해보았다.

그래서 화운룡이 옥봉과 자봉을 진맥하여 면밀히 검사한 바에 의하면 그녀들은 여전히 높은 공력을 지니고 있었다. 오혈대로 키워지는 과정에 얻은 공력이다.

옥봉이 이백오십 년이고 자봉이 조금 더 높은 이백팔십 년의 공력을 지니고 있었다.

이 시점에서 화운룡은 벌써 몇 번이나 생각했었던 심심상인에 대해서 다시 한번 조심스럽게 생각을 해보았다.

그는 처음에 이 동굴에 왔을 때부터 옥봉과 자봉에게 심심상인을 시전해 볼 생각을 했었는데, 두 가지 이유 때문에 망설이고 있는 중이다.

하나는 그녀들의 정신적인 나이가 너무 어리다는 사실이다. 그는 지금껏 어른 여자들에게만 심심상인을 해봤었지 서너 살 어린 여자아이는 한 번도 해본 적이 없어서 망설여졌다.

과연 서너 살짜리 어린아이의 정신력이 그 많은 생소한 사실들을 강제로 주입시켰을 때 견뎌낼 수 있을지 자신이 서지 않았다.

또 하나의 이유는 심심상인을 시도했다가 그녀들의 정신이 덧날 수도 있는 가능성 때문이다.

천외신계가 참신멸혼대법으로 그녀들의 기억과 인성을 말살하고 강시화시켰다는 것은 그녀들의 정신에 크게 간섭을 했다는 의미다.

그것을 명천신기로 겨우 서너 살 수준의 기억과 인성으로 되살려놓았는데, 그런 조심스러운 상태에서 심심상인을 시도했다가 자칫 잘못될 수도 있는 가능성이 있다.

인간의 정신이라는 것은 인간이 지닌 것들 중에서 가장 오묘하고 불가사의한 세계다.

재산이 아무리 많은 부자라고 해도, 천하제일의 절대적인 무공을 지녔다고 해도 정신이 조금이라도 잘못되면 그 많은

재산이나 절대적인 무공 같은 것은 아무짝에도 쓸모가 없게
돼버린다.

그러니까 인간에게서 가장 중요한 것을 하나 꼽으라면 정신
이라고 할 수 있을 것이다.

이런 두 가지 이유 때문에 쌍봉에게 심심상인을 감히 시전
하지 못하고 망설이고 있다.

하지만 만에 하나 쌍봉에게 심심상인을 시도해서 그게 먹
힌다면 어떤가?

그런 좋은 방법을 놔두고도 세 살과 네 살짜리 정신연령에
어른 몸뚱이를 지닌 어린아이 두 명을 데리고 화운룡이 생고
생을 하고 있다는 것이 아니겠는가.

화운룡은 선택을 자신이 아니라 옥봉과 자봉이 스스로 하
는 것이 좋겠다고 생각했다.

그는 옥봉과 절반씩 나눈 살코기를 다 먹고 나서 조용히
옥봉을 불렀다.

"봉아."

살코기를 다 먹고 소매로 입을 닦고 있던 옥봉이 해맑은 눈
으로 그를 바라보았다.

"네, 아저씨."

몸이나 얼굴만 보면 영락없는 자신의 아내 봉애인데 입만
열면 네 살짜리 어린아이라서 화운룡은 가슴이 아렸다.

그가 옥봉이 자신의 아내라고 설명을 해주었지만, 아무리 설명을 장황하게 잘해줘도 그녀 말마따나 학문적으로는 조목조목 이해가 돼도 네 살짜리 감성으로는 절대로 이해를 하지 못하는 것이다.

"심심상인이라는 수법이 있단다."

화운룡은 심심상인에 대해서 옥봉에게 자세히 설명을 해주었고, 자봉은 살코기를 뜯어먹느라 정신이 없어서 듣는지 마는지 알 수가 없다.

설명을 듣고 난 옥봉은 호기심이 가득한 눈을 빛냈다. 순전히 학문적인 호기심의 눈빛이다.

"그렇게 많은 사람들에게 심심상인이라는 것을 해주었는데 한 번도 실패한 적이 없다고요?"

"그래."

화운룡은 옥봉 같은 어린아이에겐 시전해 본 적이 없다는 말도 잊지 않았다.

옥봉은 곰곰이 생각하면서 말했다.

"제가 참신멸혼대법이라는 수법으로 모든 기억과 인성이 마비되고 또 강시가 된 상태였는데 아저씨께서 전설적인 명천신기라는 수법으로 절 치료해서 네 살 기억까지 회복을 시켜주신 거잖아요?"

"그렇지."

고개를 끄떡이면서도 화운룡은 네 살짜리 옥봉의 총명함과 뛰어난 어휘력 구사에 감탄을 금치 못했다.

　"그런데 명천신기로는 더 이상 저와 봉령을 치료할 수 없는 한계에 도달한 것이고요?"

　화운룡은 솔직하게 대답했다.

　"그래."

　네 살 옥봉이 자신이 처한 상황에 대해서 예리하고도 차분하게 분석을 하고 있다.

　"아무것도 하지 않으면 저와 봉령은 지금처럼 어른 몸에 세 살과 네 살로 계속 살아야 하는 거죠?"

　"응."

　옥봉이 진지한 표정을 지었다.

　"제가 이상한 상황에 처했다는 사실을 몰랐으면 모르지만 알게 된 이상 이대로는 살아갈 수가 없을 것 같아요. 아저씨 생각은 어떤가요?"

　"네가 선택해야지."

　"너무하신 거 아니에요?"

　"뭐가 말이냐?"

　옥봉은 네 살 어린아이처럼 입술을 삐죽거렸다.

　"저 같은 네 살 어린아이에게 그런 어려운 선택을 하라는 것 말이에요."

"어… 그게……."

"아저씨는 저의 남편이라면서요?"

"그… 렇지."

"남편이라면 이런 상황에서 저 대신에 옳은 선택을 해주셔야 하는 거잖아요? 지고로 여필종부(女必從夫)잖아요. 제 말이 틀렸나요?"

"음… 네 말이 맞다."

"그럼 아저씨가 결정하세요."

결국 네 살짜리 옥봉에게 말로 져서 결정권이 화운룡에게로 넘어왔다.

그는 신중하게 자신의 의견을 말했다.

"나는 심심상인을 하는 것이 지금보다는 좋아질 것이라고 생각한다. 네 생각은 어떠냐?"

옥봉은 고개를 끄떡였다.

"아저씨를 믿어요."

"그게 네 생각이니?"

"네."

결국 화운룡이 결정을 한 것이다.

*　　　　*　　　　*

이번 심심상인에 화운룡은 혼신의 노력을 쏟았다.

그는 지금껏 많은 사람들에게 심심상인을 해주었지만 정작 옥봉은 제외됐었다.

옥봉은 다섯 살 때부터 화운룡과 말로는 도저히 설명할 수 없는 신비한 현상으로 이어져 있었기 때문이다.

화운룡은 옥봉을 무릎에 마주 보고 앉힌 자세로 그녀의 얼굴을 가슴에 묻고 두 팔로 등을 꼭 끌어안고 있다.

방금 심심상인이 끝났다.

어떤 결과가 나올 것인지 천진난만한 옥봉보다 화운룡이 백 배 더 긴장했다.

심심상인이 끝났는데 언제까지나 옥봉을 안고 있을 수는 없다. 이제는 결과를 확인할 때다.

옥봉은 그에게 안겨서 꼼짝도 하지 않았다. 떨림도 없으며 숨소리도 들리지 않았다.

슥…….

화운룡은 긴장된 마음으로 옥봉의 등에서 두 팔을 풀고 천천히 그녀를 몸에서 떼어냈다.

옥봉은 고개를 숙인 채 그의 가슴에서 떨어졌지만 고개를 들지 않았다.

화운룡은 마른침을 삼켰다. 그녀는 미래에서 팔십사 세까지 살다가 과거로 왔으며 이곳에서도 이 년 반 동안 엄청난 일들을 겪었지만, 지금처럼 긴장하고 심장박동이 들릴 만큼 두려웠던 적이 없었다.

상대가 다른 사람이 아닌 옥봉이기 때문이다. 미래에는 평생 짝사랑했던 여인이며, 과거이면서 현재에는 아내인 그녀는 화운룡이 목숨 따윈 풀잎처럼 여길 만큼 소중한 사람이다.

"봉애."

그의 부름에 옥봉이 천천히 고개를 들고 그를 바라보았다.

어느 누구하고도 비교할 수 없을 정도로 아름다운 소녀다. 저 붉은 입술이 열리고 네 살짜리 어린아이의 목소리가 흘러나오지 않는다면 영락없는 화운룡의 아내 옥봉이다.

화운룡이 차마 더는 말하지 못하고 굽어보고만 있자 옥봉이 입을 열었다.

"아저씨……."

"아……."

화운룡은 맥이 탁 풀리면서 온몸이 녹아 물이 돼버리는 것만 같은 절망에 빠졌다.

"…가 용공일 줄은 몰랐어요."

"……."

움찔 놀란 화운룡은 눈을 껌뻑거리면서 옥봉이 한 말을 곰곰이 되새겼다.

아저씨가 용공일 줄은 몰랐다는 뜻이다.

"용공……."

옥봉의 두 눈에 눈물이 차오르며 얼굴 가득 기쁨과 반가움이 넘실거렸다.

심심상인이 성공했다. 화운룡은 가슴이 마구 떨리고 두 눈이 부옇게 흐려졌다.

"봉애……."

"소녀를 구하러 오실 줄 알았어요."

"봉애……."

화운룡이 너무 벅찬 기쁨 탓에 아무 말도 할 수가 없어서 그녀를 부르고만 있는데 갑자기 부드럽고 촉촉한 입술이 그의 입술에 살짝 닿았다.

옥봉이 입맞춤을 해왔다. 다시는 떨어지지 않을 것처럼 찰싹 붙은 두 사람 입술 위로 네 줄기의 뜨거운 눈물이 비 오듯이 흘러내렸다.

화운룡은 자봉에게도 심심상인을 성공적으로 끝마쳤다.

이로써 옥봉과 자봉은 기억을 찾았을 뿐 아니라 원래 나이 십구 세의 인성을 회복했다.

또한 화운룡은 심심상인을 시술하면서 그녀들에게 자신의 성명절학인 무극사신공의 구결을 완벽하게 해석해서 주입시켜 주었다.

약간의 차질이 있다면 자봉이 완벽한 십구 세의 기억을 되찾지 못했다는 사실이다.

심심상인은 화운룡의 기억을 상대에게 전해주는 수법이다.

화운룡은 옥봉에 대해서 거의 완벽하게 기억을 하고 있으며 그녀는 그 기억을 고스란히 전해 받았다.

물론 옥봉이 북경 정현왕부에서 보낸 어린 시절의 사적인 기억은 많이 잃었지만 그것은 그녀의 전체 기억으로 봤을 때 지엽적인 것에 불과하기에 기억하지 못해도 별 상관이 없다.

그러나 화운룡은 자봉에 대해서 많은 것을 알지 못한다. 또한 그녀에 대한 기억은 거의 모두 옥봉을 통해서였을 뿐이다. 또한 화운룡의 주관에 의한 기억이다.

그렇기 때문에 자봉이 되찾은 기억은 그녀가 십구 년 동안 살아오면서 차곡차곡 쌓은 기억이 아니라 화운룡의 뇌리에 저장되어 있던 기억인 것이다.

즉, 화운룡이 평소에 생각하고 있던 자봉에 대한 사사로운 기억인 것이다.

"용공."

자봉이 화운룡을 바라보며 애틋한 표정으로 입을 열었다.

화운룡이 옥봉을 통해서 얻은 자봉의 기억을 전해주었기에 그녀는 정체성의 혼란이 왔다.

말하자면 자신이 옥봉인지 자봉인지 뚜렷하게 분간이 서지
않은 것이다.

더구나 그녀의 뇌리에는 화운룡이 옥봉을 생각하는 기억이
가득 들어찼기에 자신이 화운룡의 아내라고 믿고 있다.

그렇지만 화운룡은 자봉이 자신을 부르는 적당한 호칭이
없어서 '용공'이라 불렀다고 여겼다.

화운룡은 자봉이 자신을 애정이 듬뿍 담긴 눈빛으로 바라
보고 있는 것을 발견하지 못했다.

화운룡은 잠시 동안 고민하다가 그녀들의 생사현관을 타통
해 주기로 마음먹었다.

"봉애, 봉령. 내가 너희들의 생사현관을 타통해 주겠다."

"생사현관을요?"

심심상인을 통해서 무공 전반에 걸친 방대한 지식을 얻은
옥봉과 자봉은 생사현관 타통이 무엇인지 즉시 알아들었다.

무림인으로 살았던 기억이 없는 옥봉이지만 화운룡이 전해
준 무공 지식들을 곰곰이 생각하다가 눈을 크게 떴다.

"막혀 있는 임맥과 독맥을 타통하면 공력이 크게 증진되고
무병장수하며 공력이 소진되더라도 빠르게 회복된다던데 그
게 맞나요?"

"과연 똑똑하구나. 우리 봉애는."

옥봉과 미모를 겨룰 만큼 아름다운 자봉이 눈을 초롱초롱 빛내며 질세라 거들었다.

"생사현관이 타통되면 공력이 거의 두 배 가까이 급증하고 운공조식의 시간이 절반으로 단축되지만 효과는 두 배가 되는 것이죠?"

화운룡은 흐뭇한 미소를 지으며 고개를 끄떡이면서 옥봉과 자봉의 머리를 쓰다듬었다.

"봉애와 봉령의 말이 다 맞다. 아예 이참에 벌모세수와 탈태환골까지 시켜주마."

"그런 것을 용공께서 다 할 수 있나요?"

화운룡은 뻐기듯 가슴을 활짝 폈다.

"물론이지. 내가 누군가?"

옥봉은 배시시 미소 지었다.

"소녀의 남편이시죠."

"하하하!"

화운룡은 크게 웃다가 움찔 놀라서 급히 멈추었다.

옆에서 지켜보고 있던 자봉이 조심스럽게 물었다.

"소녀도 해주시는 거죠?"

기분이 좋아진 화운룡은 짐짓 딴청을 부렸다.

"왜 너까지 해줘야 하는 거지?"

자봉은 놀라서 울상을 지었다.

"소녀는 용공의 부인이잖아요."

"그게 무슨……."

이때까지도 화운룡은 심심상인으로 자봉에게 전해진 기억에 차질이 빚어졌다는 사실을 깨닫지 못했다.

그래서 자봉이 자신도 벌모세수와 탈태환골을 해달라고 작은 억지를 부리는 것이라고만 생각했다.

"글쎄… 그렇다면 너는 봉애 하는 것을 보고 나서 할 것인지 말 것인지 결정을 해라."

동굴 바닥에는 풀이 푹신하게 깔려 있으며 옥봉이 반듯한 자세로 누워 있다.

옥봉은 조금 전에 벌모세수를 끝냈다. 그로서 그녀는 한 시진에 걸쳐서 생사현관 타통과 탈태환골, 벌모세수라는 무림인이라면 꿈에서조차 소원하는 염원 세 가지를 모두 끝냈다.

화운룡은 자신의 겉옷을 찢은 헝겊을 강물에 적셔 가지고 와서 옥봉의 몸을 구석구석 깨끗하게 닦아주었다.

생사현관 타통 한 가지면 옷을 입고 있어도 상관이 없지만 탈태환골과 벌모세수는 몸에 속곳 하나라도 입고 있으면 매우 거치적거리기 때문에 옥봉은 옷을 모두 벗은 상태다.

만약 옷을 입고 있다면 탈태환골 때 온몸의 뼈와 근육들이 제멋대로 늘어나고 꺾이며 부딪치는 과정에 옷이 다 찢어지게 될 것이다.

또한 벌모세수를 하면 몸속에 있던 온갖 찌꺼기들이 전신의 모공을 통해서 배출되는데, 그 찌꺼기라는 것이 심한 악취를 풍기는 끈적끈적한 액체이기 때문에 옷을 입고 있으면 찌꺼기의 배출도 어렵거니와 옷을 버려야만 하기 때문에 나신으로 시술을 받을 수밖에 없는 것이다.

"봉애."

화운룡이 조용한 목소리로 부르자 가만히 누워 있던 옥봉이 천천히 눈을 떴다.

옥봉이 눈을 뜨자 순간 맑은 정광이 뿜어져서 천장을 환하게 비추다가 사라졌다.

"아……."

그 광경을 보고 자봉이 놀라서 입을 크게 벌렸다. 도대체 얼마나 공력이 증진되면 눈에서 뿜어진 안광이 천장을 밝힐 정도라는 말인가.

"봉애, 일어나서 운공조식을 해라."

화운룡의 말에 옥봉은 일어나 앉아 가부좌의 자세로 운공조식에 들어갔다.

그녀는 나신이지만 남편 화운룡 앞이라서 크게 부끄러워하지 않았다.

또한 어렸을 때부터 친자매처럼 지낸 자봉하고는 셀 수도 없이 많이 목욕을 같이하였기에 그녀 앞에서 나신이라고 부끄러워할 리가 없다.

자봉은 운공조식에 들어간 옥봉을 보면서 찬탄과 부러움의 표정을 지었다.

흐뭇한 표정의 화운룡과 부러운 표정의 자봉이 지켜보는 가운데 옥봉은 연속 세 번 운공조식을 이어갔다.

이윽고 시작한 지 일각 만에 옥봉이 운공조식을 끝내고 눈을 뜨더니 기쁨을 감추지 못했다.

"용공, 소녀의 공력이 크게 증진된 것 같아요."

"얼마나 증진됐는지 보자."

화운룡이 손을 내밀어 옥봉을 진맥했다.

옆에서 지켜보던 자봉이 옥봉의 몸을 보면서 감탄했다.

"어쩌면… 봉아 몸에서 광채가 나고 있어요."

자봉의 말대로 옥봉의 피부는 갓 태어난 아기처럼 눈부시게 희고 부드러워졌다.

화운룡이 진맥하면서 말했다.

"벌모세수를 한 덕분이다. 그뿐 아니라 탈태환골을 했기 때문에 봉애의 신체가 무공을 연마하고 전개하는 데 최적의 상태로 변모했다."

"어떻게요?"

"체내의 근골은 물론이고 팔다리가 더 길어졌으며 키도 한

뼘 이상 커졌을 거야."

"아아……."

화운룡이 옥봉의 진맥을 끝내고 미소 지으며 말했다.

"봉애의 현재 공력은 팔 갑자 수준이야."

자봉이 눈을 휘둥그렇게 떴다.

"팔 갑자면 사백팔십 년이라는 건가요?"

"그 정도지."

"아아… 세상에……."

자봉은 가부좌의 자세로 앉은 채 엷은 미소를 짓고 있는 옥봉을 바라보며 말했다.

"그렇다면 봉아는 현재 산봉우리에 올라서 극을 이룬다는 등봉조극(登峰造極)의 경지에 올랐겠군요."

"아니다. 봉애는 등봉조극을 넘어서 늙음을 돌이켜 아이로 돌아가는 반노환동(返老還童)의 경지에 들어섰다."

"아아… 그럼 이제부터 봉아는 더 이상 늙지 않는 건가요?"

"그렇지. 영원한 젊음을 유지하게 된다."

자봉은 넋을 잃고 옥봉을 망연히 바라보더니 갑자기 옷을 홀홀 벗었다.

"뭐 하는 것이냐?"

"소녀도 해야죠."

화운룡이 묻자 이미 옷을 다 벗은 자봉은 풀더미 위에 반듯하게 누웠다.

"어서 해주세요. 용공."

화운룡은 옥봉에 이어서 자봉도 생사현관 타통과 벌모세수, 탈태환골을 해줄 생각이었지만 자봉의 이런 능동적인 행동이 조금 뜻밖이다.

"너 괜찮으냐?"

"뭐가요?"

화운룡의 물음에 자봉은 반듯하게 누워서 도대체 뭐가 문제냐는 듯한 표정을 지었다.

화운룡을 자신의 남편으로 착각하고 있는 그녀로서는 당연한 행동이다.

"어서 해주세요."

화운룡은 자봉의 나신을 감히 쳐다보지 못하고 적잖이 당황한 얼굴로 옥봉을 쳐다보았다.

옥봉이 빙그레 미소를 지었다.

"괜찮아요. 해주세요."

자봉은 누운 채 몸을 흔들면서 채근했다.

"용공, 그걸 왜 봉아한테 묻는 거죠?"

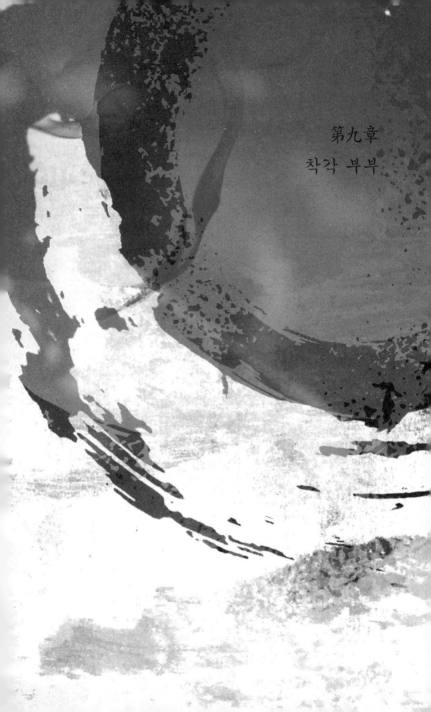

第九章
착각 부부

　화운룡은 이제는 자신들이 천여황으로부터 도망칠 이유가 없다고 판단했다.

　화운룡 자신과 공력 사백팔십 년 수준의 옥봉, 그리고 오백 년 공력으로 출신입화지경(出神入化之境)에 이른 자봉이 있으므로 천여황과 맞부딪쳐도 해볼 만하기 때문이다.

　옥봉과 자봉은 화운룡이 심심상인으로 전수한 무극사신공을 그의 지도하에 몇 차례 전개해 보았다.

　그 결과 옥봉은 사 성, 자봉은 삼 성 수준의 성취를 보였다.

화운룡 자신이 십여 년에 걸쳐서 연마하며 터득하고 해석한 완벽에 가까운 무극사신공 구결과 연마, 전개하는 방법 등을 그녀들에게 전해준 덕분에 가능한 일이다.

그뿐만이 아니라 옥봉과 자봉이 생사현관 타통, 벌모세수, 탈태환골을 이루어서 절학을 연마할 수 있는 최상의 신체적인 조건을 갖추었으며, 또한 그녀들이 천부적으로 천재성을 타고난 덕분이기도 했다.

화운룡은 옥봉, 자봉을 이끌고 다시 용황락으로 향했다.

어제는 천여황으로부터 도망치는 신세였지만 지금은 복수를 하려고 천여황을 찾아가고 있다.

그러나 세 사람이 용황락에 도착했을 때 그곳에 살아 있는 사람은 아무도 없었다.

더없이 아름다운 무릉도원 용황락 곳곳은 처참하게 파괴되었으며 여기저기에 끔찍한 모습으로 죽은 오혈대 시체들이 널려 있을 뿐이었다.

강시가 되었거나 강시화가 거의 진행된 오혈대는 팔다리가 잘려지는 것으로는 죽지 않으므로 시체들은 하나같이 목이 잘려지거나 머리통이 박살 난 모습들뿐이다.

오혈대 시체의 수는 오백여 구에 달했다. 천여황과 연군풍, 우호법 백룡천제 연본교의 솜씨다.

삼 층 누각 사련봉애가 있던 호숫가에 서 있는 세 사람은 참혹한 광경을 보면서 모두 눈살을 찌푸렸다.

옥봉이 주위를 둘러보면서 착잡한 표정으로 말했다.

"여기가 용황락이로군요."

그녀는 오혈대였을 때 용황락에 와서 천여황을 죽이려고 했었지만 기억에는 조금도 남아 있지 않았다.

옥봉은 다섯 살 때부터 꿈속에서 용황락에 찾아와 화운룡과 함께 생활한 세월이 무려 칠십여 년에 달하기에 이곳에 대해서는 눈 감고서도 환하다.

이렇게 직접 눈으로 용황락을 보는 것은 처음이지만 꿈속에서 보고 만지며 느꼈던 것하고 조금도 다르지 않아서 생소한 느낌이 전혀 없다.

화운룡이 호수 한가운데에 폭삭 무너져서 반쯤 물에 잠겨 있는 삼 층 누각을 쳐다보며 대답했다.

"그래. 저 무너진 누각이 사련봉애였어."

"그렇군요……"

옥봉은 굳이 화운룡의 말이 아니더라도 용황락에 대해서 잘 알고 있다.

그녀에겐 이곳이 집 정현왕부보다 더 친숙한 곳이었다.

그런 데다 화운룡이 심심상인을 통해서 자신의 미래와 현재의 모든 것들을 전해주었기에 용황락에 대해서라면 화운룡만큼 잘 알고 있다.

그런 용황락이 이 지경이 되었으니 화운룡과 옥봉은 물론이고 같은 기억을 갖고 있는 자봉까지도 몸의 중요한 일부가 떨어져 나간 것 같은 상실감을 맛보았다.

화운룡이 씁쓸하게 중얼거렸다.

"여긴 이제 용황락이 아니다."

시체를 치우고 부서진 전각과 누각의 잔해를 걷어낸 후에 다시 지으면 겉으로 보는 무릉도원 용황락이야 그대로겠지만 마음속에 남아 있는 지금의 처참한 광경은 죽을 때까지도 지워지지 않을 것이다.

그렇기 때문에 화운룡과 옥봉에게 이곳은 더 이상 용황락일 수가 없다.

화운룡은 무너진 사련봉애에서 시선을 거두었다.

"바깥을 수색해 보자."

이곳을 나가는 순간 그는 용황락을 깨끗이 잊을 생각이고 그래야만 한다.

그리고 그는 망가진 용황락을 보는 순간 새로운 사실 하나를 깨달았다.

옥봉이 있는 곳이 바로 용황락이다. 그녀가 화운룡의 무릉도원이기 때문이다.

슈우웃!

화운룡이 복판에, 그리고 옥봉과 자봉이 좌우에서 그의 손을 잡고 수직으로 빛처럼 솟구쳐 올랐다.

솟아오르면서 화운룡이 옥봉을 쳐다보자 그녀도 그를 쳐다보다가 두 사람의 눈이 마주쳤다.

부드러운 옥봉의 눈빛에는 온화한 위로가 담겨 있었다.

'이곳이 파괴됐다고 해서 서운하게 생각하지 마세요. 용공이 계신 곳이 소녀의 용황락이니까요.'

옥봉도 화운룡과 같은 생각을 하고 있었다.

문득 화운룡은 자신과 옥봉이 생각을 공유하게 된 것이 아닐까 하는 생각이 들었다.

그런 생각을 하자마자 옥봉의 목소리가 아니라 마음이 전음으로 자신의 마음으로 전해지는 것 같은 묘한 느낌이 들었다.

그가 쳐다보자 옥봉은 방긋 미소 지으며 가볍게 고개를 끄떡였다. 그의 생각이 맞는다는 것이다.

기억을 전해주는 것만이 아니라 생각까지 공유할 수 있다니, 화운룡은 자신이 고안한 심심상인에 대해서 아직도 모르는 것이 많은 것 같았다.

어쩌면 심심상인은 화운룡의 정신과 마음을 대변하는 것일지도 모른다.

심심상인은 그가 원하는 상대에게는 원하는 만큼의 정신과 마음만 전하는 그런 오묘함을 지니고 있는 듯했다.

그때 자봉이 잡고 있는 손에 살짝 힘을 주어 잡아당겨서 화운룡이 쳐다보게 하고는 방긋 미소를 지었다.

화운룡은 문득 불길한 생각이 들었다. 옥봉이 그와 생각을 공유하게 되었다면 자봉도 그럴 가능성이 있기 때문이다.

"봉령아, 왜 웃는 거지?"

그가 묻자 자봉은 조금 더 환하게 미소 지었다.

"그냥요."

그때 화운룡은 가슴이 덜컥 내려앉았다. 어떤 기이한 느낌이 뒷골을 때렸기 때문이다.

그리고 방금 전에 옥봉에게서 느꼈던 오묘한 느낌이 자봉에게서도 느껴졌다. 어째서인지 그녀의 마음을 알 것 같은 오묘함 말이다.

"여보, 봉아와 소녀는 죽을 때까지 당신만을 남편으로 섬길 거예요."

자봉의 말에 화운룡은 자신의 귀를 의심했다.

"지금 뭐라고 말했지?"

"저는 아무 말도 하지 않았어요."

"방금 나한테 뭐라고 말했잖아."

옥봉이 미소 지으며 끼어들었다.

"용공, 봉령은 아무 말도 하지 않았어요."

"그런가……?"

"다만 봉령의 생각을 우리가 동시에 읽었을 뿐이에요."

"생각을?"

화운룡은 움찔 놀라서 옥봉을 쳐다보았다.

옥봉은 배시시 미소 지었다.

"용공과 소녀, 그리고 봉령 우리 세 사람은 생각을 공유하게 된 것 같아요."

화운룡은 눈앞이 캄캄해졌다.

'아이고, 맙소사!'

그러자 자봉이 그를 보며 생긋 웃었다.

"방금 맙소사! 라고 하신 것은 좋다는 뜻이겠죠?"

화운룡 일행은 용황락 바깥쪽 십여 리 이내를 샅샅이 뒤졌지만 용황락 안과 마찬가지로 살아 있는 사람을 한 명도 발견하지 못했다.

세 사람은 십룡해 호숫가에 서서 망연한 표정으로 잔잔한 호수를 바라보았다.

용황락 밖의 십여 리 이내 곳곳에는 오혈대 시체들이 곳곳에 널려 있었다.

시체들은 하나같이 목이 잘려지고 머리가 박살 나거나 불에 타서 형체를 알아보지 못할 정도로 새카만 숯덩이가 돼버린 것들뿐이었다.

화운룡은 가루라가 입에서 불길을 뿜어 오혈대를 태워 숯
덩이로 만들었을 것이라고 추측했다.

야말의 말에 의하면 가루라는 절대로 끌 수 없는 화염을 입
에서 뿜어낸다고 했었다.

어제 화운룡이 호각을 불었을 때 가루라가 나타나지 않은
것은 천여황이 타고 있기 때문일 것이라고 추측했었는데 그게
맞았다.

천여황은 가루라를 타고 오혈대를 공격한 것이다. 입에서
불을 뿜어대는 가루라를 타고 공격하는 천여황을 제아무리
오혈대라고 해도 당해낼 재간이 없었을 것이다.

자봉이 차분한 목소리로 입을 열었다.

"둘러본 바에 의하면 용황락 바깥에서 발견한 오혈대 시체
가 삼백 구쯤 되는 것 같아요. 용황락 안의 오백 구를 합치면
팔백 구예요."

그녀는 말을 이었다.

"바깥에서 우리가 발견하지 못한 시체들까지 합하면 대략
천여 구쯤 되지 않을까요?"

오혈대 천칠백여 명이 기세당당하게 용황락을 공격했다가
천여 명이 죽고 칠백여 명이 남았다면 오혈대의 급습은 실패
라고 할 수 있다.

자봉이 먼 하늘을 응시했다.

"천여황은 어디로 간 걸까요?"

그녀와 옥봉은 화운룡과 생각을 공유하기 때문에 천여황이 가루라를 타고 있었다는 사실을 알고 있다.

"천여황이 가루라를 타고 하늘로 날아갔다면 행방이 묘연……."

거기까지 말하던 자봉은 화운룡의 생각을 읽고는 아! 하는 표정을 지었다.

"그렇군요. 이제부터 우리가 오혈대를 추격하면 천여황을 찾을 수 있을 거예요."

오혈대가 천여황을 추격하고 있든지 아니면 천여황이 오혈대를 추격하든지 어쨌든 둘 중 하나일 테니까 땅에서 이동하고 있는 오혈대의 흔적을 뒤쫓으면 될 것이라고 화운룡이 생각하고 있었다.

"물속에 누가 있어요."

그때 옥봉이 호수를 응시하며 나직하게 말했다.

자봉이 말하고 화운룡이 듣고 있는 동안 옥봉은 공력을 끌어 올려서 주변을 살피고 있었다.

화운룡이 즉시 공력을 끌어 올려서 물속을 탐지해 보고는 허공으로 비스듬히 신형을 솟구쳤다.

스웃!

"기다려라."

옥봉은 물속 어딘가에서 사람의 심장박동을 감지했지만 화운룡은 그가 어느 방향의 물속, 어느 깊이에 있는지까지 알아내고 찾으러 간 것이다.

폭!

옥봉과 자봉은 화운룡이 허공에서 수직으로 낙하하여 물방울을 거의 튀기지 않고 호수에 입수하는 것을 지켜보며 그 자리에서 꼼짝도 하지 않았다.

화운룡이 기다리라고 했으므로 기다리는 것이다.

그때 옥봉이 슬쩍 공력을 끌어 올려서 자신과 자봉 주위에 보이지 않는 무형의 막을 쳤다.

그것은 호신막하고는 달리 말과 정신이 밖으로 새어 나가지 못하도록 하는 기능이다.

화운룡조차도 이것까지는 하지 못하는데 옥봉은 놀랍고도 빠르게 진화하고 있는 중이다.

"봉령아, 너 용공을 남편이라고 생각하는 거야?"

자봉은 방금 전에 주위의 공기가 미미하게 격탕했던 것을 느끼고 옥봉이 무엇을 했는지 간파했다.

자봉은 태연하게 고개를 끄떡였다.

"응, 용공은 우리 남편이잖아."

"어째서 그렇지?"

옥봉은 화운룡이 자봉에게 심심상인을 해주는 과정에서

뭔가 차질이 발생한 것 같다는 생각이 들어서 자봉하고 둘이 있을 때 대화를 해보고 싶었다.

자봉은 눈을 크게 떴다.

"어째서라니? 너 이상하다? 내가 남편을 남편이라고 말하는 게 잘못인 거야?"

"내 말은 어째서 봉령 네가 용공을 남편이라고 생각하느냐는 거냐고 묻는 거야."

자봉은 이해가 안 간다는 표정을 지었다.

"그야 용공이 나하고 혼인을 하고 또 부부 생활을 했으니까 그런 거지. 봉아, 너 왜 이런 걸 묻고 그래?"

"부부 생활을 어떻게 했는데?"

그렇지만 옥봉은 자봉이 어디까지 얼마나 착각을 하고 있는 것인지 확인을 하고 싶었다.

자봉은 얼굴을 살짝 붉혔다.

"부부 생활이 부부끼리의 은밀한 생활이지. 봉아, 너도 잘 알면서 왜 그런 걸 묻는 거야?"

"봉령아, 너 용공하고 언제 어디에서 첫날밤을 보냈지?"

자봉은 생각을 더듬는 듯 눈을 깜빡거렸다.

"그거야 일 년 칠 개월쯤 전에 운룡재 삼 층 우리 침실에서지. 그때 용공네 가족과 우리 가족이 모인 자리에서 혼인식을 올리고 나서 그날 밤에……."

옥봉은 눈을 동그랗게 떴다. 방금 자봉이 말한 내용은 옥봉이 행했던 것과 똑같다.

즉, 비룡은월문에서 옥봉이 일 년 칠 개월 전에 가까운 일가친지들만 모아놓고 화운룡과 혼인식을 치른 후, 그날 밤에 첫날밤을 보내며 순결을 잃었던 바로 그 기억을 자봉은 자신의 기억인 양 착각하고 있는 것이다.

그런데 사실 일 년 칠 개월 전에 자봉은 비룡은월문에 있지도 않았었다.

옥봉은 중요한 것을 물었다.

"그럼 첫날밤에 봉령 너와 용공 둘이서만 지냈던 거야?"

"어머? 얘 좀 봐? 너하고 나, 그리고 용공 셋이서 첫날밤을 보냈잖아?"

"……"

자봉은 새빨개진 얼굴을 두 손으로 감쌌다.

"그날 밤에 용공이 우리에게 얼마나 난폭하게 굴었었는지 너는 벌써 잊어버리기라도 한 거야?"

*　　　*　　　*

촤아앗!

화운룡이 수면으로 솟아올랐다가 옥봉과 자봉이 있는 곳

으로 날아와 내려섰다.

그는 호수 속 수심 사백여 장까지 잠수했었지만 몸이나 옷이 조금도 젖지 않았다.

척!

그는 안고 온 한 사람을 호숫가 안쪽으로 들어가 풀더미에 내려서 눕혔다.

물에 흠뻑 젖어서 바닥에 누워 있는 사람은 이십 대 중반의 청년이며 오혈대 복장을 하고 있었다.

그런데 청년은 한 손으로 목을 감싸고 있는데 안색이 푸르스름하고 몸이 얼음처럼 차가웠다.

수심 사백여 장 깊이 바닥에 가라앉아 있었으므로 체온이 떨어졌을 수밖에 없다.

한데 화운룡이 보기에 청년의 체온이 떨어진 것은 나중 문제일 것 같았다.

화운룡은 한쪽 무릎을 꿇고 청년이 목을 감싸고 있는 손을 치웠다가 가볍게 눈살을 찌푸렸다.

청년의 목 옆쪽이 깊이 베여졌는데 피는 흐르지 않았다. 아마 나올 수 있는 피가 다 흘러나온 것 같았다. 게다가 체온이 얼음장 같다.

"아직 맥이 있고 심장이 약하게 뛰어요."

자봉이 그렇게 말할 때 화운룡은 이미 청년 옆에 앉아서 명천신기를 끌어 올리고 있었다.

보통 무림인 같으면 청년은 이미 오래전에 죽었어야 했지만, 지난 일 년여 동안 수십 차례에 걸쳐 패가이호의 깊은 수심에서 받았던 혹독한 훈련이 그의 목숨을 가느다랗게 연명하고 있었다.

화운룡은 청년에게 뻗으려던 손을 멈추었다.

지금 이대로 명천신기를 주입하면 청년의 목의 상처를 치료하거나 강시화를 치유할 수 있을지는 모르지만 옥봉과 자봉이 그랬던 것처럼 서너 살 어린아이가 될는지도 모른다.

서너 살 남자 어린아이가 한 명 생길 것이라는 생각만 해도 머리가 지끈거리는 화운룡이다.

'명천신기만을 주입해서는 안 된다.'

화운룡은 미간을 잔뜩 좁히고 청년을 뚫어지게 주시하면서 골똘한 생각에 잠겼다.

그러다가 문득 지난번에 곤륜파 장문인 운룡자에게 심심상인을 해주었던 일이 생각났다.

원래 화운룡은 심심상인을 여자에게만 할 수 있었는데 여러 방법을 고심한 끝에 운룡자에게도 성공시켰었다.

그래서 명천신기와 더불어서 그 방법을 이 청년에게 써보기로 했다.

그는 오른손에는 명천신기를 일으켜서 청년의 목의 상처를 덮고 왼손에는 남자에게 필요한 심심상인의 진기를 일으켜서 팔을 잡았다.

화운룡 오른손의 명천신기가 주입되어 청년의 상처를 치료하면서 동시에 강시화된 것을 해제하기 시작했다.

스으으……

청년의 몸이 가늘게 부들부들 떨리고 목의 상처를 덮은 화운룡의 손바닥에서는 부연 김이 솟았다.

그리고 화운룡의 왼손에서 한 줄기 진기 즉, 청년을 여체화(女體化) 시키는 극음지기가 주입되었다.

심심상인은 남자나 여자에게 모두 사용할 정도로 완벽하지 않기에 우선 남자의 몸을 여체화시켜야만 한다.

심심상인은 화운룡의 기억을 상대에게 전해주는 것인데 화운룡은 딱히 청년에게 전해줄 기억이 없기 때문에 비룡운검을 비롯한 비룡육절들의 구결을 주입해 주었다.

"큭… 크으윽……"

청년의 얼굴이 일그러지고 입에서 고통에 가득 찬 괴이한 소리가 흘러나왔다.

화운룡이 손을 떼자 청년은 입에서 꾸역꾸역 차가운 물을 토해내고는 천천히 힘겹게 눈을 떴다.

화운룡과 옥봉, 자봉은 청년이 깨어나서 어린아이 말소리를 낼까 봐 조마조마하게 주시했다.

"으으……."

청년은 일그러진 얼굴로 상체를 일으켜 앉고는 주위를 두리번거렸다.

그러다가 화운룡을 발견하고는 움찔 놀랐다.

"문주님……."

어린아이가 아닌 굵직한 청년 어른의 목소리다. 명천신기와 심심상인이 성공했다.

청년은 크게 놀라서 벌떡 일어섰다.

"아아… 진정 문주님이십니까?"

"그렇다. 너는 비룡은월문 사람이냐?"

청년은 크게 격동하여 어쩔 줄 모르더니 그 자리에 부복하여 울음을 터뜨렸다.

"크흐흑……! 그렇습니다. 속하는 용황락의 신기무사(神奇武士)였습니다! 아아… 문주님을 다시 뵙다니……."

비룡은월문 용황락 내에서 장하문의 거처가 신기전이고 그곳 신기전을 수호하기 위해서 장하문이 직접 기른 무사 이십 명을 신기무사라고 불렀다.

화운룡은 반가운 표정으로 급히 청년의 팔을 잡고 직접 일으켜 주었다.

"일어나라. 네가 하룡의 수하인 신기무사였더라는 말이냐?"

"그렇습니다… 문주님……."

비룡은월문 내의 운룡재에 거주하는 최측근들과 제일검대인 비룡검대부터 제십일검대인 용설운검대까지 천삼백여 명 즉, 비룡검수들은 화운룡을 주군이라고 불렀다.

그리고 그들 외에 전투에 참가하지 않는 비룡은월문의 호위무사들은 화운룡을 문주라고 불렀다.

용황락 내에 있는 신기전에는 장하문의 모친 장자연이 같이 살았었다.

화운룡은 청년의 팔을 잡은 채 물었다.

"네 이름이 무엇이냐?"

"심유단(沈留段)입니다."

"하룡의 모친은 어떻게 되셨느냐?"

장하문에겐 파란만장한 사연을 지닌 기녀 출신의 모친 장자연이 있었다. 그런데 화운룡이 수소문하여 그녀를 찾아 데리고 와서 장하문과 함께 살게 해주었다.

화운룡은 심유단에게 그렇게 묻기는 했지만 내심으로는 별로 기대를 하지 않았다. 장자연은 육십오 세로 나이가 많아서 변고를 당했다고 해도 이상하지 않기 때문이다.

신기무사 청년 심유단이 화운룡과 같이 있었던 장하문의 생사를 알 수는 없다. 장하문이 비룡은월문을 떠나 있으면 신기무사들은 신기전의 사람들을 호위하는 것이 주된 임무다.

심유단은 눈물을 그치지 못한 채 떨리는 목소리로 공손히
대답했다.

"대부인께선 생존해 계셨습니다."

"생존해 계셨다니 어디에서 말이냐?"

"속하가 곁에서 모실 때까지만 해도 대부인께선 천신국의
동천국 오란오달이라는 곳에 계셨습니다. 하지만 속하가 갑자
기 끌려가서 얼마나 시간이 흘렀는지 모르기에……."

심유단은 자신 없는 표정을 지었다.

자봉이 일깨워 주었다.

"우리하고 같다면 당신이 끌려간 지 일 년 석 달에서 다섯
달쯤 지났을 거예요."

"세월이 벌써 그렇게나……."

화운룡은 심유단의 팔을 놓지 않은 채 물었다.

"하룡의 모친께서 동천국 오란오달 어디에 계셨는지 너는
알고 있느냐?"

화운룡이 얼마 전까지만 해도 동천국 수도인 오란오달에 있
었는데 장자연이 그곳에 있었다면 아무리 멀어도 화운룡하고
몇십 리 이내에 같이 있었다는 얘기다.

"동천내절대공전이라는 곳에 계셨습니다."

"뭐라……?"

화운룡은 어이없는 표정을 지었다.

"동절내신군의 궁전 말이냐?"

"그렇습니다. 그곳을 아십니까?"

"맙소사……."

"왜 그러십니까?"

심유단은 화운룡의 표정을 살피면서 조심스럽게 물었다.

"허어……."

화운룡이 동천국 오란오달에 있는 동안 동절내신군 도호반과 총관이며 존동일왕인 사라달은 동후신패를 지니고 있는 화운룡의 수하 노릇을 제대로 해주었다.

만약 화운룡이 오란오달에 있을 때 장자연이 동천내절대공전에 있다는 사실을 알았더라면 그의 말 한마디에 그녀를 구할 수 있었을 것이다.

"어떻게 된 것이냐? 나이 든 사람들은 동해의 흑사도라는 섬에 끌려갔다고 들었다."

"속하의 누나가 천외신계 고수에게 대부인은 자신의 친언니이며 나이도 삼십팔 세라고 속여서 같이 동천국에 끌려갔던 것입니다."

"네 누나가 누구냐?"

"신기전의 하녀였습니다. 대부인을 측근에서 모셨는데 대부인께서는 누나를 딸처럼 대해주셨습니다."

화운룡은 번뜩 생각나는 사람이 있다.

"혹시 네 누나 이름이 심은이냐?"

"그렇습니다."

화운룡은 용황락 운룡재에서 생활했을 때 자주 신기전의 장자연에게 인사를 드리러 갔었으며, 그때마다 장자연의 측근 하녀인 심은을 보았다.

그런데 화운룡이 십룡해 사백여 장 깊은 물속에서 구해낸 오혈대 청년이 신기무사이며 심은의 남동생이었다니 우연이라고 하기는 기가 막힌 우연이다.

화운룡은 심유단의 어깨를 두드렸다.

"네가 심은의 남동생이었다니 반갑구나."

"저희 누님을 아십니까?"

"눈썹이 짙고 입술이 도톰하며 입가에 점이 있는 여자분이 아닌가요?"

옥봉이 알은척하고 나섰다.

옥봉은 화운룡이 신기전에 갈 때마다 같이 갔었으며 자봉은 옥봉이 혼자 신기전에 장자연에게 문안하러 갈 때 같이 갔었기에 심은을 잘 알고 있다.

"심 언니의 남동생을 이런 곳에서 만나다니 정말 반가워요."

옥봉의 말에 그녀를 쳐다보던 심유단이 갑자기 소스라치게 놀라서 펄쩍 뛰었다.

"아아… 공주마마 아니십니까?"

옥봉은 방그레 미소 지었다.

"네. 주옥봉이에요."

자봉이 팔짱을 끼고 얼굴을 살짝 들며 뾰족한 코를 더 높이 세웠다.

"흥! 나도 공주예요."

"어이구… 두 분 공주마마를 뵙습니다……."

심유단은 그 자리에 고꾸라지듯이 엎어져서 부복했다. 그는 옥봉과 자봉이 신기전에 오는 것을 여러 번 봤기에 그녀들을 잘 알고 있다.

그는 옥봉이 화운룡과 혼인하여 부인이 됐다는 사실을 알고 있는 터라서 더욱 공손했다.

"그런데 말이다."

화운룡이 고개를 갸웃거리면서 말을 할 때 옥봉이 잠력을 발출하여 부복한 심유단의 몸을 일으켰다.

심유단은 몸이 저절로 펴지면서 일으켜지자 화들짝 놀라서 허둥거렸다.

"하룡 모친께선 연세가 육십 세가 넘으셨는데 어떻게 심은의 언니라고 속일 수 있다는 말이냐?"

"그건 문주님께서 모르시는 말씀입니다. 문주님께서 대부인을 마지막으로 뵌 것이 언제였습니까?"

"이 년이 거의 다 되어간다."

심유단은 엷은 미소를 지었다.

"대부인께서 처음 신기전에 오셨을 때는 팔구십 세 노파 같은 모습이었는데 이후 호의호식하시고 근심 걱정 없는 편안한 생활을 하신 덕분에 몇 달 만에 오십 대로 보일 만큼 젊어지셨습니다."

화운룡은 고개를 끄떡였다.

"그것은 나도 알고 있다."

"게다가 그 후에는 장 군사께서 몸에 좋은 귀한 영약과 영물들을 많이 구해 오셔서 대부인께서 거의 매일 드시게 하셨으며, 열흘에 한 번 꼴로 손수 대부인께 어떤 신통한 대법 같은 것을 시전하셨습니다."

심유단은 기억이 나지 않는 듯 고개를 갸웃거렸다.

"그 대법 이름이 무엇이었는지 기억이……."

"회춘양신대법(回春養神大法)이 아니더냐?"

"그, 그렇습니다! 바로 그거였습니다!"

화운룡은 빙그레 미소 지었다.

"하룡이 대단한 효도를 했구나."

회춘양신대법은 공력이 심후한 사람이 주로 나이 든 노인에게 시전하는 대법으로 말 그대로 몸과 외모를 젊게 만들어주는 비전의 추궁과혈수법이다.

벌모세수와 탈태환골을 합쳐놓은 대법인데 효과는 절반에

그치므로 반세반골(半洗半骨)이라고도 한다.

장하문에겐 벌모세수와 탈태환골을 시전할 능력은 없지만 다행히도 회춘양신대법을 알고 있었던 모양이다.

화운룡은 고개를 끄떡였다.

"하룡이 열흘에 한 번 꼴로 모친께 회춘양신대법을 시전했다면 모친께서 삼십 대의 젊음으로 회춘하신다고 해도 이상한 일이 아니다."

"그렇습니다. 대부인께서 속하의 누님보다 어려 보이십니다."

심유단은 장자연이 어떻게 동천내절대공전에 들어갈 수 있었는지에 대해서 설명했다.

"동천국에 끌려온 속하들은 흩어지지 않고 똘똘 뭉쳐 있었는데 그 결과 신기전에 있던 사람들이 한 명도 빠짐없이 동천내절대공전에서 하인과 하녀로 생활하게 되었습니다."

"그렇더냐? 몇 명이나 되느냐?"

"대부인과 신기무사 이십 명, 누님을 비롯하여 하녀 여섯 명입니다. 저희들은 그곳 신군부인(神君婦人)의 배려로 모두 신군관저에 배속되었습니다."

"신군관저라는 것은 동절내신군 부부의 거처냐?"

"그렇습니다."

"신군부인은 동절내신군의 부인이냐?"

"그렇습니다. 우리들이 같이 있게 해달라고 애원하는 소리를 신군부인이 듣고 우리 모두를 신군관저에서 일할 수 있도록 해주었습니다."

심유단 얼굴이 흐려졌다.

"그런데 갑자기 여러 사람이 끌려가는 바람에 지금은 다들 어찌 됐는지 모르겠습니다."

"몇 명이나 끌려갔느냐?"

"잘 모르겠습니다."

"신군관저에 나이 십오 세에서 삼십 세까지가 몇 명이나 있었느냐?"

심유단은 잠시 생각하다가 대답했다.

"열다섯 명쯤 됩니다."

오혈대로 끌려간 사람들 나이가 십오 세에서 삼십 세까지라고 했으니까 동천내절대공전 신군관저에 남아 있는 사람은 현재 열두 명일 것이다.

그런데 그때 갑자기 괴이한 음향이 들렸다.

쾌애앵… 꽹꽹……

그것은 거대한 징 소리 같았으며 하늘 높은 곳에서 들려오고 있었다.

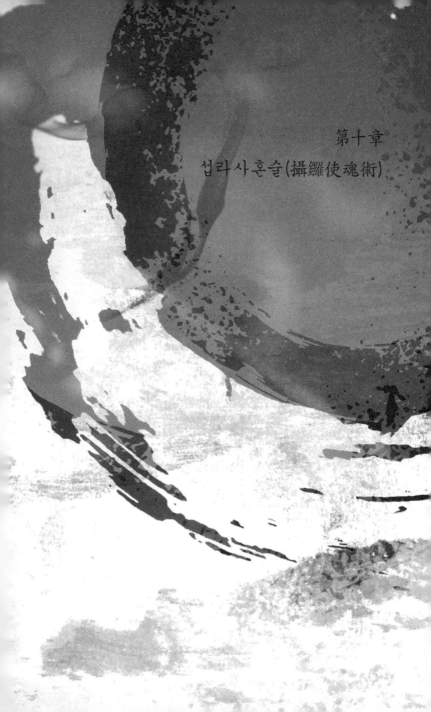

第十章

섭라사혼술(攝鑼使魂術)

"아⋯⋯."

"으으⋯⋯."

그런데 갑자기 옥봉과 자봉, 심유단이 비틀거리면서 두 손
으로 머리를 감싸 안았다.

세 사람은 눈빛이 흐려지고 눈동자가 초점을 잃어 허공을
이리저리 부유했다.

화운룡은 움찔했다.

"봉애."

화운룡의 부름을 듣지 못한 듯 옥봉은 멍하니 다른 곳을

바라보고 있었다.

옥봉만이 아니라 자봉과 심유단도 같은 곳을 바라보는데 조금 전에 징 소리가 들려온 방향이다.

경험이 풍부한 화운룡은 갑자기 허공에서 들린 징 소리와 옥봉 등이 뭔가에 홀린 듯한 모습을 보이는 것이 무엇인지 즉시 간파했다.

"섭라사혼술(攝鑼使魂術)이다……!"

금과 동을 섞어서 만든 특수한 징으로 사람의 정신을 조종하는 사술이 섭라사혼술이다.

그렇지만 섭라사혼술을 전개하기 위해서는 한 가지 조건이 선행돼야만 한다.

피시술자의 몸속에 섭라사혼술을 받아들여서 실행하는 고독(蠱毒)이라는 것을 심어야 한다.

그 고독이 몸속에서 징 소리에 반응을 하여 피시술자를 조종하는 것이다.

섭라사혼술은 중원이 아닌 남쪽 운남성 아래의 대리국(大理國)에서 온 것이다. 여러 종류의 고독들이 대리국에서만 서식하기 때문이다.

옥봉과 자봉, 심유단이 징 소리에 반응을 한다는 것은 그들의 몸속에 고독이 들어 있다는 뜻이다.

오혈대 몸속에 고독까지 심었을 줄은 화운룡으로서는 전혀 생각하지 못했다.

더구나 명천신기에 고독이 죽지 않았다. 병이나 상처, 섭혼술까지 치료하는 명천신기가 살아 있는 생명체인 고독을 죽이지 못하는 것이다.

만약 화운룡이 그런 사실을 진작 알았더라면 다른 방법을 강구했을 것이다.

꽤애앵! 좌아앙!

징 소리는 조금 전보다 더 크고 웅혼하게 다시 들렸다.

화운룡은 징 소리가 들려온 곳을 쳐다보았다. 하늘 높은 곳인데 어디인지 여기에서는 보이지 않았다.

그때 옥봉과 자봉, 심유단이 한쪽 방향으로 몸을 날려 쏘아가기 시작했다.

휘익!

휙!

"봉애!"

화운룡이 급히 불렀지만 옥봉 등은 돌아보지도 않고 호수와는 반대 방향인 숲속으로 쏘아갔다.

화운룡은 몸을 날려 옥봉 등을 쫓아가면서 자신도 오혈대인 것처럼 행동해야겠다고 생각했다.

그런데 화운룡이 숲속으로 쏘아가다 보니까 여기저기에서 꽤 많은 자들이 한쪽 방향으로 경공을 전개하여 쏘아가고 있는데 모두 오혈대다.

십룡해 주변에 있는 오혈대는 옥봉 등만이 아니었다. 수가 점점 불어나더니, 숲속의 어느 넓은 공터에 모두 모여 멈췄을 때는 무려 삼백여 명이나 됐다.

화운룡은 마침 오혈대처럼 흑의경장을 입고 있으므로 옥봉 뒤에 바짝 붙어서 오혈대인 양 행동하면서 상황의 추이를 지켜보기로 했다.

지금으로썬 화운룡이 옥봉 등의 고독을 제거할 방법이 없기 때문에 상황이 어떻게 돌아가는지 지켜보면서 결정을 내려야만 한다.

옥봉 등은 화운룡에게는 눈길 한 번 주지 않은 채 전방 허공의 한 곳만 무표정한 얼굴로 주시하면서 일정한 속도로 쏘아가고 있다.

꽤앵… 꽹… 지징…….

징 소리가 점점 가까워지고 있으며, 기이하게도 징 소리에 강약이 있고 또한 어떤 특이한 곡조가 담겨 있었다.

그러니까 징 소리의 강약과 짧고 길며 느리고 빠른 곡조로 오혈대 몸속에 심어놓은 고독을 조절하는 모양이다. 그걸 보면 고독은 오혈대의 뇌 속에 있는 것이 분명하다.

이윽고 오혈대 전원이 어느 공터에서 멈추었다.

공터는 꽤 넓은 편이고 그곳에 오혈대가 빽빽하게 모여 있는데, 절반 이상이 물에 흠뻑 젖은 모습으로 몸에서 물을 뚝 뚝 흘리고 있는 것으로 미루어 십룡해 호수 속에 가라앉아 있 었던 것 같다.

아마 그들은 천여황과 싸우다가 물속에 빠졌던 모양이다.

구우웅…….

묵직한 징 소리가 머리 위에서 들렸다.

화운룡이 올려다보니까 지상에서 백여 장 높이에 가루라가 정지 비행을 하고 있다.

그런데 자세히 보니까 가루라가 아니다. 체구가 가루라보다 훨씬 작은 데다 생김새가 가루라보다는 대붕 쪽에 가까운 걸 보니 대묘붕인 것 같았다.

이 년여 전에 화운룡이 팔창산에서 죽인 대붕들이 바로 대 묘붕이었다.

대묘붕 위에 징과 징을 친 자들이 타고 있는 것 같은데 아 래에서는 보이지 않았다.

그때 대묘붕에서 웅혼한 목소리가 흘러나왔다.

"지금부터 북서쪽으로 가라! 그곳에서 표적을 발견하면 무 조건 죽여라!"

표적이란 천여황을 가리키는 것이고, 오혈대의 정신에 표적 을 죽이라는 지상명령이 새겨져 있는 듯했다.

문득 화운룡은 공터 주변으로 뭔가 엄습하고 있는 듯한 느낌을 받았다.

그것은 숲에 어둠이 깔리거나 안개, 혹은 이슬이 내리는 듯한 고요한 느낌이다.

암중의 고수들이 오혈대 주변으로 은밀하게 모여들고 있는 중인데 그들이 전개하는 독특한 경공술은 중원의 경공술이 아닌 것 같았다.

화운룡은 그 느낌이 무엇을 의미하는지 알고 있다.

'부상인자(扶桑忍者).'

화운룡은 부상인자에 대한 각별한 기억이 있다.

동천국 동천내절대공전의 총관이며 존동일왕인 사라달이 화운룡에게 해준 말이 있었다.

"본국 내에 수상한 자들이 들어와서 은밀하게 활동하고 있는데 그들이 반역 세력과 연계되었다고 추측하고 있으며 그들은 부상국(扶桑國: 일본)에서 온 인자(忍者)인 것으로 파악하고 있습니다."

화운룡이 활동했던 미래에서도 부상인자들이 중원에 진출하여 하나의 목적을 갖고 암암리에 돌아다니면서 특정인들을 꽤나 많이 죽였었다.

부상인자들 때문에 중원 무림에 큰 혼란이 발생하자 화운룡이 직접 진두지휘하여 반년 동안 추적한 결과 부상인자들을 깡그리 색출, 제압한 적이 있었다.

'그 당시에 부상인자들은 부상에서 일어난 큰 환란을 피해 중원으로 건너왔는데 그들의 목적은 중원에 조그만 소국(小國)을 세우는 것이었지.'

그 당시의 부상인자들이 최초 중원으로 건너온 시기가 이때쯤이었다.

그렇다면 부상인자들은 소국을 건국하기 위해서 천황파와 손을 잡은 것이 분명하다.

천황이 부상인자들에게 자신을 도와주면 천하의 한쪽을 뚝 떼어주겠다는 약속을 해주었을 것이다. 현재 상황을 보면 그렇게밖에는 추측할 수가 없다.

지금 공터 주변으로 둥글게 포진한 형태로 접근하고 있는 느낌의 주인은 부상인자들이 분명했다.

허공의 대묘봉에서 다시 우렁찬 외침이 터졌다.

"지금부터 이십 명씩 한 조를 이루어 선두자(先頭者)를 따라 북서쪽으로 간다!"

스스사아아…….

공터 주변으로 접근하던 부상인자들이 공터의 북서쪽으로 이동했다.

이어서 부상인자 한 명이 공터를 떠나 북서쪽을 향해 멀어지자 공터의 북서쪽에 모여 있던 오혈대들이 일사불란하게 그를 따라갔다.

오혈대 이십 명에 딱 끊어서 두 번째 부상인자가 그 뒤를 따르면 다시 오혈대들이 그 뒤로 따르고, 다시 이십 명이 채워지자 세 번째 부상인자가 뒤를 이었다.

화운룡은 어찌해야 하는지 잠시 생각하다가 일단 옥봉, 자봉과 같은 조를 이루어 행동해야겠다고 마음먹었다.

화운룡이 속한 조는 줄곧 북서쪽으로 이동했다.

지금 그가 있는 곳에서 북서쪽으로 계속 간다면 천신국의 남천국이나 서천국에 당도할 것이다.

모르긴 해도 천여황이 그쪽에 있을 것이다.

하지만 천여황은 천신국에 도달하지 못하고 중도에서 천황파에게 공격을 당하고 있을 것이다.

그렇기 때문에 오혈대를 급히 그곳으로 이동시키고 있는 것이리라.

만약 천여황이 천신국에 있다면 천황파는 함부로 그녀를 공격하지 못할 터이다.

오혈대는 오로지 천여황을 죽이기 위해서 비밀리에 만들어진 소모품들이다.

그런 이유로 오혈대가 향하는 곳에 천여황이 있는 것은 기

정사실이다.

화운룡이 속해 있는 조는 정확하게 이십 명이다. 그와 옥봉은 중간에서 달리고 있으며 자봉은 선두 쪽에, 심유단은 후미에 떨어져 있다.

화운룡이 속한 조를 이끌고 있는 부상인자는 흑의에 눈만 내놓은 복면을 하고 있다.

그가 달리다가 이따금 뒤돌아볼 때 보게 된 모습이다. 하지만 구태여 가까이 가서 부상인자가 어떤 모습인지 확인하고 싶은 생각은 없다.

그보다는 이런 상황에 천여황이 있는 장소에 도착하게 되어 옥봉과 자봉, 심유단이 천여황과의 싸움에 투입될까 봐 그게 걱정이다.

화운룡이 옥봉과 자봉을 제압하는 것은 쉽지가 않다. 옥봉의 공력은 사백팔십 년이고 자봉은 오백 년이라서 화운룡 혼자 두 여자를 제압하려다가는 생사혈전을 벌여야만 한다.

아마도 중원 무림에서 화운룡을 제외하면 옥봉과 자봉이 가장 고강할 터이다.

더구나 부상인자들과 오혈대들이 우글거리는 곳에서 옥봉과 자봉을 제압하려는 자체가 망발이다.

그러니까 옥봉과 자봉을 구하는 방법은 그녀들의 몸에서

고독을 제거하는 것이 첫 번째이고, 임시방편으로는 섭라사혼술을 펼치는 인물을 죽이는 것이 두 번째다.

화운룡은 옥봉의 뒤를 바싹 따르면서 대묘붕이 어디에 있는지 확인해 보았다.

대묘붕이 느릿하게 날개를 퍼덕이는 소리가 뒤쪽 허공 백여 장 높이에서 들려왔다.

'일단 대묘붕 위에 있는 놈들을 잡아야겠다.'

스으……

화운룡은 은형인을 전개하여 모습을 감추고는 대열의 측면으로 슬쩍 빠져나왔다.

화운룡 바로 뒤나 옆 주위에서 달리고 있는 오혈대는 강시화 된 상태이기 때문에 화운룡이 갑자기 사라진 것에 대해서는 전혀 관심도 갖지 않았다.

은형인이 된 화운룡은 수직으로 솟구쳐 올라 잠깐 사이에 백이십여 장 높이에 도달했다.

후미 이십여 장 아래에서 커다란 날개를 느릿하게 저으면서 날아오고 있는 대묘붕의 모습이 보이자 화운룡은 그곳으로 비스듬히 하강했다.

대묘붕 등에는 다섯 명이 앉아 있으며 복판에는 굵은 나무로 만든 틀에 커다란 징이 매달려 있다.

다섯 명 모두 색성칠위의 최고 등급인 금성족 복장을 하고 있으며, 그중에 한 명이 머리에 금성족 우두머리 삼금성(三金星)을 나타내는 모자를 썼다.

이들은 금투정수의 복장이 아니라서 목 뒤에 금성문이 세 개면 삼금성 금정(金精)이고 두 개면 양금성 금보(金輔), 하나는 금사(金土)라고 한다.

대묘붕의 목 가까운 쪽에 우두머리 금정이 앉아 있고 금보 세 명이 날개 쪽에서 아래를 살펴보고 있으며 또 다른 한 명의 금보가 징 옆에 징채를 쥐고 우뚝 서 있다.

애초에 본절외신군이 천칠백여 명의 오혈대를 이끌고 천여황을 죽이기 위해서 용황락으로 떠났었다.

그런데 천여황을 죽이지 못했다. 그녀를 죽였다면 오혈대와 부상인자들이 이곳에 있을 리가 없다. 그리고 북서쪽으로 이동할 이유가 없다.

화운룡이 분 호각 소리를 듣고도 가루라가 오지 않은 이유는 천여황이 가루라에 타고 있었기 때문이다.

그런데 지금 가루라는 없고 대묘붕에 타고 있는 금성족 다섯 명이 살아남은 오혈대 삼백여 명을 지휘하고 있다.

그렇다면 오혈대를 총지휘했던 본절외신군은 이곳에 없다는 뜻이다.

본절외신군이 이곳에 없으며 남아 있는 오혈대 삼백여 명이 부상인자들의 인솔로 북서쪽을 향해 가고 있다는 것은 현재 본절외신군과 천황파 주력 세력이 천여황을 공격하고 있다는 뜻일 것이다.

하면 천황은 오혈대만으로 천여황을 죽이지 못한다는 사실을 처음부터 알고 있었다.

오혈대는 천여황을 용황락에서 끌어내어 궁지에 몰기 위한 미끼 내지는 소모품이었다.

오혈대가 천여황을 죽이면 다행이고, 죽이지 못하더라도 천여황을 밖으로 끌어내서 궁지에 몰리게 한다면 그것으로 성공이라는 뜻이다.

화운룡은 거기까지 생각했지만 가볍게 고개를 저었다.

그는 단지 옥봉과 자봉, 심유단, 더 나아가서는 살아남은 오혈대를 구하면 그만이다.

본절외신군이 천황파 주력으로 천여황을 죽이든지 말든지 상관할 바가 아니다.

이런 일은 길게 끌 것도 없으며 천여황이 있는 곳까지 갈 필요도 없다.

스으…….

화운룡은 하강하면서 무형지기를 발출했다.

한 줄기 반투명한 무형지기는 정확하게 백삼십오 줄기의 가느다란 지공으로 갈라졌다가 금성족 다섯 명 각자의 얼굴과 상체 스물일곱 군데 혈도를 격타했다.

파파파파파팟…….

"음……."

"윽……."

금성족 다섯 명이 동시에 잠혼백령술에 제압되면서 낮은 신음 소리를 토해냈다.

＊　　　　＊　　　　＊

화운룡은 징 옆에 서 있는 금보 옆에 가볍게 내려서면서 은형인을 풀고 모습을 드러냈다.

"너희가 전개하고 있는 것이 섭라사혼술이냐?"

대묘붕의 목 쪽에 앉아 있던 우두머리 금정이 화운룡을 향해 공손히 무릎을 꿇고 대답했다.

"그렇습니다."

"고독을 심었느냐?"

"그렇습니다."

잠혼백령술에 제압된 자는 묻는 말에 술술 다 대답한다. 하지만 묻지 않은 말에는 대답하지 않는다는 맹점이 있다. 그러므로 질문을 잘 생각해서 해야 한다.

"섭라사혼술에 대해서 설명해라."

이런 명령이라면 우두머리 금정은 섭라사혼술에 대해서 자신이 알고 있는 모든 것을 털어놔야만 한다.

금정의 설명에 의하면, 우선 대리국에서만 서식하는 사령고(使靈蠱)를 피시술자에게 먹여서 한 달 동안의 시일을 두어 사령고가 피시술자의 체내에 안착하도록 유도한다.

이후 두어 달 동안 금과 동을 섞어서 만든 징을 두드리면서 사령고들을 길들이는 과정을 거쳐야 한다.

참고로 사령고가 심어진 피시술자들은 오혈대가 아니라 강령혈대(降靈血隊)라고 한다.

쾌애앵… 쾌쾌앵…….

징이 여태까지와는 다른 곡조와 세기로 몇 차례 울렸다.

그러고는 강령혈대 삼백여 명이 금불산을 벗어나 어느 강가의 들판에 멈추었다.

화운룡이 강령혈대를 멈추게 하라고 지시한 것이다.

부상인자들은 더 이상 전진하지 않고 멈춰선 강령혈대 앞에 서서 무슨 일인가 싶어 주위를 두리번거렸다.

파파팟…….

주위를 두리번거리고 있는 한 명의 부상인자의 상체 몇 군데에서 아주 가볍게 뭔가 두드리는 소리가 나더니 그는 곧 뻣뻣해졌다.

은형인으로 변한 화운룡이 부상인자 한 명을 제압했지만

가깝게는 삼 장 이상 떨어져 있는 다른 부상인자들은 그에게 무슨 일이 벌어졌는지 전혀 알지 못했다.

화운룡은 거칠 것 없이 강령혈대 주위를 돌면서 부상인자 십칠 명을 모두 제압했다.

은형인으로 변한 그의 손속을 벗어날 정도의 실력을 지닌 부상인자는 아무도 없다.

부상인자들은 더러는 서 있고 더러는 쓰러져 있는 상태지만 삼백여 명의 강령혈대들은 신경도 쓰지 않고 쳐다보지도 않고 우두커니 서 있을 뿐이다.

화운룡이 백여 장 허공에 정지 비행을 하고 있는 대묘봉을 보면서 명령했다.

"섭라사혼술을 풀어라."

쾌쾡! 쾡⋯ 쾌애앵⋯⋯.

그러자 대묘봉 위의 금보가 섭라사혼술을 해제하는 징을 몇 차례 두드렸다.

"아⋯⋯."

"무슨 일이⋯⋯."

옥봉과 자봉, 심유단은 갑자기 정신이 들면서 머리를 이리저리 흔들며 중얼거렸다.

옥봉이 옆에 서 있는 화운룡을 발견하고 급히 그에게 안기듯 하면서 물었다.

"용공, 무슨 일이 있었나요?"

화운룡은 십룡해부터 지금까지 그녀들에게 일어난 일을 간략하게 설명해 주었다.

옥봉과 자봉, 심유단은 크게 놀랐다.

"우리 몸속에 벌레가 있다는 건가요?"

"아아… 이를 어쩌면 좋아요? 그럼 이제 우리는 어떻게 되는 거죠?"

화운룡이 차분히 말했다.

"이제부터 사령고를 몸 밖으로 끄집어내 줄 테니까 염려할 것 없다."

"어떻게요?"

소녀인 옥봉과 자봉은 자신들 몸속에 징그러운 벌레가 들어 있다는 사실만으로 까무러칠 것처럼 놀라고 당황해서 어쩔 줄을 몰랐다.

화운룡이 대묘붕을 올려다보면서 명령했다.

"사령고를 꺼내라."

그러자 즉시 징소리가 울려 퍼졌다.

괭괭괭괭… 꽤꽤꽹… 꽤꽤꽹…….

매우 빠르고 높낮이가 심한 곡조의 징소리가 세 호흡 동안 주위를 낮게 진동했다.

그러자 옥봉과 자봉, 심유단이 갑자기 신음을 흘리면서 세

차게 진저리를 쳤다.

"아아……."

"으으음……."

그러고는 그들이 숨이 막히는 것처럼 입을 크게 벌리고 꺽꺽거리는데, 잠시 후에 입에서 시커먼 색의 새끼손톱 크기의 벌레가 꾸물꾸물 기어 나왔다.

화운룡이 주위를 둘러보자 우두커니 서 있는 강렬혈대 삼백여 명 모두 똑같은 현상이다.

그들 모두 하나같이 크게 벌린 입에서 징그러운 벌레 사령고가 스멀스멀 기어 나와 힘을 쓰지 못하고 그대로 바닥에 툭떨어졌다.

"사령고들을 내 앞으로 모아라."

화운룡의 명령이 떨어지자 징소리가 또 변했고, 여기저기에서 사령고들이 날아올라 화운룡이 있는 쪽으로 이동하는가 싶더니 그의 발 앞 풀더미 위에 우르르 날아 내렸다.

한곳에 모인 수백 마리 사령고들은 그 자리에서 꾸물거릴 뿐 흩어지지 않았다.

화운룡은 약간의 극양지기를 일으켜서 사령고들을 향해 손을 뻗었다.

퍼억!

화르륵!

극양지기가 사령고들 한복판에 적중됐다가 삽시간에 거센 불길이 피어올랐다.

치지이이…….

뜨거운 불길에 사령고들이 발버둥 쳤지만 도망치지는 않았고 매캐하면서도 역겨운 냄새가 진동했다. 그러고는 잠시 후에 그곳엔 시커먼 재만 수북하게 쌓였다.

"아아……."

"하아…."

그제야 옥봉과 자봉, 심유단은 크게 한숨을 토해내면서 제정신이 들었다.

그렇지만 삼백여 명의 강령혈대는 여전히 우두커니 모여 서 있을 뿐이다.

그들의 섭라사혼술은 해제됐지만 참신멸혼대법이 여전히 그들의 정신을 지배하고 있기 때문이다.

화운룡은 강령혈대 삼백여 명의 강시화를 지금 풀어줄 것인지 말 것인지 잠시 고민했다.

그러나 그는 곧 풀어주는 쪽으로 결정을 내렸다. 그렇지만 이처럼 사방이 트인 벌판에서 일일이 삼백여 명의 강시화를 풀어주려면 꽤 시간이 걸리고 화운룡 자신은 공력이 많이 허비될 것이다.

그렇다고 기억과 인성을 잃은 삼백여 명을 벌판에 이대로 방치해 놓을 수는 없는 노릇이다.

그때 문득 화운룡은 한 가지 방법을 생각해 냈다. 자신과 옥봉, 자봉 세 사람이 양체합일법을 발휘하여 강령혈대 삼백여 명 모두에게 명천신기와 심심상인을 전개한다는 기발하기 짝이 없는 방법이다.

화운룡의 계산대로 실행해서 성공을 한다면 강령혈대 삼백여 명에게 일일이 시술할 필요 없이 전체에게 한꺼번에 시술할 수가 있다.

여태 한 번도 해보지 않은 방법이지만 그의 이론상으로는 충분히 가능하다.

"봉애, 봉령. 나를 앞뒤에서 힘껏 안아라."

화운룡이 왜 그래야 하는지 설명하기도 전에 그의 생각을 공유하는 두 소녀는 의도를 알아차리고 즉시 앞과 뒤에서 그를 힘껏 끌어안았다.

심유단은 화운룡과 옥봉, 자봉이 무엇을 하려는 것인지 짐작도 못하고 어리둥절한 표정을 지었다.

스으…….

한 덩이가 된 화운룡과 옥봉, 자봉이 지상에서 느릿하게 떠올라 강령혈대 삼백여 명의 정중앙 허공 삼십여 장 높이에 뚝 정지했다.

화운룡이 지시하기도 전에 옥봉과 자봉은 자신들의 단전

을 활짝 열었다.

세 사람이 정신과 생각을 공유한다는 것은 이럴 때 매우 편리했다.

가만히 있어도 제 스스로 운공조식을 하는 태자천심운 덕분에 현재 화운룡의 공력은 칠백오십 년 수준이다.

무려 십이 갑자가 넘는 엄청난 공력이라서 그 정도 수준에 이르면 공력이 몇 년이라고 하는 것은 별 의미가 없다.

어쨌든 세속적인 계산으로 자그마치 천칠백여 년에 이르는 어마어마한 공력을 지닌 세 사람은 허공중에 정지한 상태에서 강령혈대 바깥쪽을 향해 한순간 스물네 방향으로 무형강기를 뿜어냈다.

큐큐우웅!

허공중에서 무형강기가 번뜩이면서 강령혈대 둘레의 땅에 거의 동시에 적중했다.

퍼퍼퍼퍼펵!

둘레 스물네 군데에서 흙과 풀이 튀어 올랐다. 단지 그것뿐 다른 변화는 없었다.

그러나 실상 강령혈대 바깥쪽에는 명계라는 절진이 펼쳐졌다. 과거 비룡은월문이 있던 동태하의 백암도를 한꺼번에 사라지게 했던 바로 그 절진 수법이다.

화운룡이 강령혈대 모두의 강시화를 해제할 때까지 외부에서 보이지 않도록 장치를 한 것이다.

후우우…….

옥봉과 자봉의 활짝 열린 단전에서 콸콸 쏟아져 나온 공력이 화운룡의 공력과 합쳐졌다.

무림의 역사 이래 그 누구도 도달한 적 없는 높은 경지의 공력을 지닌 화운룡이지만 이 순간만큼은 과연 이 방법이 성공할 것인지 적잖이 긴장했다.

강령혈대 삼백여 명의 강시화를 한 번에 해제하는 것이기 때문이다.

그는 명천신기와 심심상인, 심지공, 극음지기를 따로 분리하지 않고 하나로 뭉뚱그려서 발출했다.

과과아아아!

무슨 색이라고 딱 잘라서 말할 수 없는 묘한 색의 빛이 화운룡에게서 뿜어져 거대한 버섯처럼 넓게 펼쳐지면서 강령혈대 전체를 내리쬐었다.

과과과우우우—

그렇게 다섯 호흡의 시간이 흘렀지만 삼백여 명의 강령혈대에겐 아무런 변화도 일어나지 않았다.

'역시 어려운 것인가?'

이론상으로는 충분히 가능하다고 생각했던 화운룡은 착잡한 마음을 금하지 못했다.

이 방법이 통하지 않는다면 강령혈대 삼백여 명의 강시화를 일일이 한 명씩 풀어줘야 하는데 현실적으로 그것은 불가능한 일이다.

그것을 실행하다가 무슨 일이라도 벌어지면 속수무책이기 때문이다.

그러나 이 방법이 성공할 것이라고 확신하는 화운룡은 포기하지 않고 자신과 옥봉, 자봉의 공력을 마지막 한 움큼까지 쥐어짜서 뽑아냈다.

앞뒤에서 그를 안고 있는 옥봉과 자봉이 헐떡거리면서 몸을 가늘게 떨었다.

그녀들의 체내에서 공력이 마지막 한 움큼까지 다 빠져나가고 있다는 뜻이다.

그러므로 만약 이대로 열을 셀 때까지도 강령혈대에게서 어떤 변화가 생기지 않는다면 더 이상 고집부리지 말고 공력을 회수해야만 한다.

그러지 않으면 세 사람이 한꺼번에 주화입마에 들어 파국을 맞이하게 될 터이다.

그런 상황인데도 옥봉과 자봉은 화운룡을 굳게 믿고 아무 말도 하지 않은 채 그의 몸을 결사적으로 끌어 안고 단전을 최대한 활짝 열었다.

'으음… 더 이상 무리다……!'

화운룡은 자신을 끌어안고 있는 옥봉과 자봉의 팔에서 점차 힘이 빠지는 것을 느꼈다.

구우우우―

그에게서 쏟아져 나가고 있는 공력은 망망대해로 끝없이 흘러드는 것만 같았다.

'으음… 결국 안 되는 것인가……?'

실패라는 경험을 겪어본 적이 없는 그는 암담한 심정으로 공력을 거두려고 했다.

그때 강령혈대 삼백여 명 중에서 한쪽에 서 있던 한 명이 갑자기 뒤로 스르르 쓰러지는 것을 발견했다.

착각인가 싶은데, 그 뒤를 이어 강령혈대들이 여기저기에서 마구 우르르 쓰러지기 시작했다.

그렇게 애를 태우더니 강렬혈대 삼백여 명이 쓰러지는 데는 채 세 호흡도 걸리지 않았다.

잠시가 지난 후에 공터 내에 서 있는 사람은 부상인자 다섯 명뿐이었다.

그들은 마혈과 아혈이 제압된 상태에서도 쓰러지지 않고 있던 자들이다.

강령혈대는 정확하게 삼백십칠 명이었다.

그들 중에서 비룡은월문 사람이 사십오 명이고 나머지는

중원 각지에서 끌려왔다.

화운룡의 명천신기와 심심상인, 심지공, 극음지기를 합친 공력은 그들 모두의 강시화를 풀어주었을 뿐만 아니라 잃어버렸던 기억과 인성을 고스란히 되찾아주었다.

화운룡은 그들 모두를 중원으로 돌려보냈다. 고향에 가기를 원하거나 가족이 기다리는 사람은 그곳으로 가도록 했으며, 갈 곳이 마땅치 않은 사람은 화북대련을 찾아가서 합류하라고 지시했다.

대묘붕에 타고 있는 다섯 명의 금성족에게는 천여황을 찾으라고 명령했다.

화운룡은 제압된 부상인자 십칠 명을 한곳에 모았다.

부상인자는 온몸을 흑의로 가리고 눈만 빼꼼 내놓은 모습이며 어깨에 쌍검을 메고 허리에 약간 큼직한 가죽 주머니를 차고 있었다.

화운룡은 그중에 한 명을 잠혼백령술로 제압하고 혈도를 풀어주었다.

"너희들 가마쿠라(鎌倉) 인자냐?"

화운룡이 유창한 부상어로 물었다.

"그렇습니다."

화운룡이 미래에서 만났던 부상인자들이 바로 가마쿠라 인자들이었다.

그들은 이 시기에 중원에 진출했으며 삼십여 년 후에 화운룡에게 발각되어 전부 제압되거나 굴복했다.

동해 거대한 바다 너머 부상국에는 막부(幕府)라는 기구가 부상국을 지배하고 있으며 막부의 최고 통치자가 쇼군(將軍: 장군)이라는 인물이다.

부상국에는 따로 왕이 있으나 허수아비에 불과하고 부상국 전역 수십 개 영지의 영주들 위에서 절대적인 신으로 군림하는 인물이 쇼군이다.

미래에 십절무황이 되기 전 무적검신이었던 시절에 최초로 마주친 부상인자들은 가마쿠라 막부의 인자들이었다.

그들은 가마쿠라 막부 휘하의 무사와 인자들인데 통칭해서 부상인자라고 부른다.

그런데 가마쿠라 막부 내에서 반란이 일어나 쇼군인 모리쿠니친왕(守邦親王)이 죽고 새로운 무로마치(室町) 막부가 부상국의 권력을 장악했다.

그러자 가마쿠라 막부 휘하의 무사와 인자들이 주군의 복수를 위하여 무로마치 막부에 격렬하게 저항했으나, 싸움마다 연전연패하여 결국 모두 여러 척의 배에 나누어 타고 바다를 건너 중원으로 들어왔던 것이다.

"우두머리가 누구냐?"

"최고 통치자는 소공녀이십니다."

"어디에 있는지 아느냐?"

"압니다."

"안내해라."

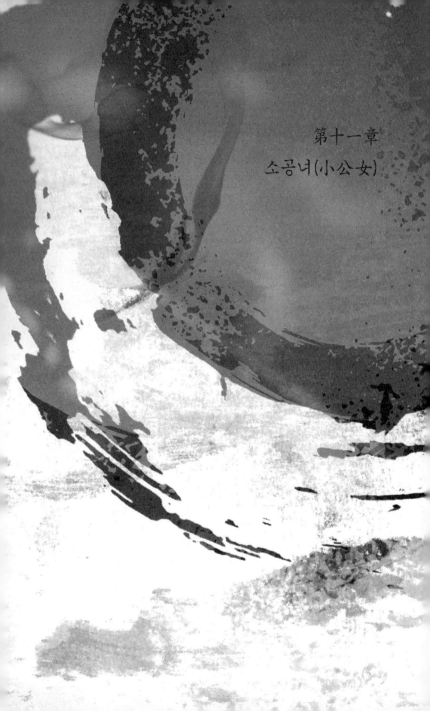

第十一章

소공녀(小公女)

　화운룡은 천여황에게 복수를 하기로 결심했다.

　그는 천여황, 아니, 연종초가 의도적으로 자신에게 접근하여 농락한 것이라고 판단했다.

　그녀와 화운룡이 한 일이라고는 어느 한날 같이 술을 마시면서 많은 대화를 나누고, 이후 술이 만취한 상태에서 이성을 잃고 정을 나누었다는 것뿐이다.

　그것은 화운룡에게는 절대로 일어나선 안 될 씻지 못할, 그리고 중대한 실수였으며, 연종초에겐 평생 잊지 못할 추억으로 각인된 사건이었다.

연종초의 심정에 대해서는 아무것도 모르는 화운룡으로서는 그녀가 도대체 무슨 목적으로 그런 짓을 저지른 것인지 알 수가 없다.

둘이 같이 술을 마시고 대화를 나누었으며 비몽사몽간에 정을 통한 일이 도대체 그녀에게 어떤 이득을 얼마나 주었는지 총명이 극에 달한 그로서도 생각하면 머리만 아플 뿐이다.

어쨌든 연종초는 화운룡을 죽일 뻔했었고 비룡은월문을 괴멸시켰으며 그 과정에 비룡은월문의 많은 사람들을 죽였고, 또 옥봉을 비롯한 수천 명을 천신국에 노예로 끌고 가서 모진 고생을 시켰다.

그것만으로도 연종초는 죽어 마땅하며 절대로 용서할 수 없는 여자다.

화운룡은 자신과 옥봉, 자봉 세 사람의 능력이라면 무서울 것이 없다고 생각했다.

예전의 화운룡은 연종초와 일대일로 싸우면 상대가 되지 못했었지만 지금은 아니라고 확신했다.

그는 현재의 자신이 연종초와 재격돌을 해도 밀리지 않을 실력이라고 믿었다.

더구나 그에겐 옥봉과 자봉까지 있다. 그녀들과 양체합일 하면 말 그대로 천하무적이 될 것이다.

화운룡과 옥봉, 자봉은 눈앞에 펼쳐져 있는 광경에 적잖이 놀라서 한동안 아무도 말을 하지 못했다.

대묘붕에 타고 있는 화운룡 등은 아래에 끝없이 깔려 있는 수많은 시체들을 보고 말문이 막혔다.

화운룡조차도 이런 처참한 광경은 평생을 통해서 몇 번밖에 본 적이 없었을 정도다.

정지 비행을 하고 있는 대묘붕 아래에는 하나의 야트막한 야산과 드넓은 초원이 펼쳐져 있는데 그곳에 시체들이 새카맣게 뒤덮여 있었다.

대충 훑어봐도 자그마치 삼사천 구에 달하는 어마어마한 시체들의 바다다.

시체들은 대부분 천외신계 고수들이고 더러 부상인자들의 모습도 보였다.

그렇지만 각양각색의 복장을 한 천외신계 고수의 시체들이 압도적으로 많았다.

그중에서 유독 화운룡의 시선을 잡아끄는 것이 있었다. 덩치가 작은 산만 한 크기의 가루라가 초원의 한 곳에 길게 누워 있는 모습이다.

화운룡은 잠혼백형술로 제압한 부상인자의 팔을 잡고 옥봉, 자봉과 함께 대묘붕에서 훌쩍 몸을 날려 가루라 옆 땅으로 내려섰다.

화운룡이 살펴보니까 가루라는 아직 죽지 않았다. 목과 몸통 아래쪽 몇 군데에 큰 상처들을 입었는데, 꼼짝도 하지 못하고 길게 누운 채 커다란 눈을 아주 느리게 껌뻑거리는 모습이 머지않아서 죽을 것 같았다.

불멸의 호신조인 가루라가 이 지경이 됐을 정도라면 이곳에서의 싸움이 얼마나 치열했는지 미루어 짐작이 갔다. 천여황이 싸웠을 것이라고 짐작은 하지만 도대체 누구와 싸웠는지는 짐작이 가지 않았다.

그런데 그때 가까운 어디에서 끙끙 앓는 가느다란 신음 소리가 들렸다.

"으으으… 전하이십니까……."

화운룡은 목소리를 듣는 순간 그가 누구이며 어느 방향에 있다는 것을 즉시 알아차렸다.

"야말!"

남천국 금투총령사로서 남천국 외곽 십육 개 관문을 총괄하는 인물이다.

화운룡이 처음 천신국의 남천국에 들어갔을 때부터 얼마 전 용황락에 올 때까지 그를 최측근에서 물심양면 도왔던 야말의 목소리가 분명했다.

야말은 비록 천신국의 인물이지만 화운룡에겐 최측근이나 다름이 없다.

화운룡은 여기까지는 내 편이고 저기까지는 내 편이 아니라고 딱 자를 만큼 야박하고 인정머리 없는 사람이 아니다.

더구나 야말은 잠혼백령술에 제압되지 않고서도 화운룡을 진심으로 도운 몇 안 되는 사람 중에 한 명이니, 절대 남이라고 할 수 없다.

화운룡은 가루라에게서 십여 장쯤 떨어진 풀밭에 야말이 뺨을 바닥에 대고 쓰러져 있는 것을 발견하고 달려갔다.

"야말, 다쳤구나."

"전하… 예를 취하지 못함을… 용… 서하십시오……."

야말은 일어나려고 애를 쓰지만 한 자루 도가 가슴을 완전히 관통한 채 꽂혀 있어서 뜻대로 되지 않고 안타깝게 버둥거리기만 했다.

화운룡은 야말의 어깨에 손을 얹고 온화하게 말했다.

"그대로 있어라. 내가 고쳐주마."

"감사합니다, 전하."

야말은 화운룡이 손만 대면 다 죽어가는 사람도 벌떡 일어나게 하는 것을 몇 번이나 본 적이 있으므로 그가 고쳐주겠다고 말하자 고맙다는 인사부터 했다.

"그러나 저보다 굴락이……."

야말은 다 죽어가면서도 자신보다는 수하인 굴락의 안위를 더 염려했다.

그런 사람이기 때문에 내 편, 네 편을 떠나서 화운룡이 그를 좋아하는 것이다.

"소녀들이 굴락을 찾아볼게요."

옥봉과 자봉이 재빨리 말하고는 주위를 살피기 시작했다. 그녀들은 굴락을 본 적이 없지만 화운룡과 생각을 공유하는 덕분에 이미 머릿속에는 굴락의 모습이 새겨져 있다.

화운룡은 야말의 팔을 잡고 약간의 명천신기를 주입하여 고통을 느끼지 않도록 한 후에 그의 가슴을 관통한 도의 도파를 잡았다.

쑤우우…….

천외신계 서천국 토번족이 사용하는 반월형의 칼이 천천히 야말의 가슴에서 뽑혔지만 그는 명천신기 덕분에 고통을 거의 느끼지 않았다.

화운룡은 야말을 조심스럽게 똑바로 눕히고, 그의 가슴에 도가 관통하면서 만든 깊은 상처 부위에 손바닥을 밀착시켜 부드러운 명천신기를 주입했다.

"용공, 굴락을 찾았어요."

자봉이 의기양양한 목소리로 외치듯이 말하는데 그녀와 옥봉 뒤에 심유단이 피투성이가 된 한 사람을 안고 오는 모습이 보였다.

사실 굴락을 찾아낸 사람은 옥봉이지만 자봉이 제가 찾은 것처럼 자랑하고 있다.

"옆에 눕히세요."

옥봉의 말에 심유단이 굴락을 야말 옆에 조심스럽게 눕혔
다.

명천신기에 의해서 상처가 치료되고 있는 야말은 무척 편안
한 얼굴로 곁눈질을 하여 굴락을 쳐다보았다.

굴락은 눈을 꾹 감고 있으며 겉모습만 보면 이미 죽은 지
오래된 것 같아서 야말은 가슴이 철렁 내려앉았다.

슥―

그때 화운룡이 손을 뗐다.

"됐다. 일어나도 된다."

"전하, 굴락이 죽은 것 같습니다……!"

야말이 벌떡 일어나 앉으며 울 것 같은 표정을 지었다.

그러나 화운룡은 굴락을 직접 진맥해 보기도 전에 그가 아
직은 살아 있으며 심장박동이나 맥이 매우 희미하다는 사실
을 감지했다.

그는 몸 여기저기에 다섯 군데나 깊은 상처를 입었으며 장
기와 내장이 많이 손상된 상태다.

"아직 살아 있으니까 염려하지 마라."

"아……."

화운룡을 옥황상제보다 더 믿는 야말은 그 말에 비로소 안

도의 표정을 지었다.

지금 굴락 같은 경우는 죽은 것이나 다름이 없는 상태다. 천하의 제아무리 용한 의원이라고 해도 굴락을 본다면 죽었다고 말할 것이 분명하다.

그렇다고 해도 화운룡은 죽지 않고 숨만 붙어 있으면 무조건 살려낼 수 있다.

야말의 믿음처럼 잠시 후에 굴락은 낮은 신음 소리를 내면서 눈을 떴다.

"으음… 저… 전하……."

누워 있는 굴락이 처음 눈을 뜨고 발견한 화운룡을 보고는 일어나려고 애썼다.

야말이 도와서 일으켜 주자 굴락은 화운룡에게 절을 올리려고 몸을 굽혔다.

"굴락, 너는 누워서 일각 정도 쉬는 것이 좋겠다."

명천신기가 굴락을 완치시켰으나 워낙 중상이었던 터라 움직이려면 일각 정도 안정이 필요하다.

화운룡은 굴락의 어깨를 가볍게 두드리고는 이번에는 가루라에게 다가갔다.

야말은 눈물을 흘리면서 굴락을 다시 풀밭에 눕혔다.

"굴락, 전하께서 네 목숨을 두 번이나 살려주셨다. 이 은혜를 너는 어떻게 갚을 테냐?"

화운룡이 남천국에서 이들을 처음 만나 몽고대사막을 건널 때, 모래폭풍을 만나서 모래에 깊이 파묻힌 굴락을 화운룡이 찾아내서 살린 적이 있었다.

"저는……."

굴락은 너무 고맙고 감격한 탓에 눈물을 뚝뚝 흘리면서 말을 잇지 못했다.

야말이 굴락의 어깨를 두드렸다.

"내 입장을 말한 것이다. 나 역시 전하께 은혜를 입은 것이 한두 번이 아니니까 말이다."

야말이 두리번거리면서 화운룡을 찾다가 그가 가루라 옆에 앉아 있는 것을 발견했다.

가루라의 상처를 살피고 있는 화운룡 옆에 야말이 다가와서 공손히 설명했다.

"좌호법과 천초후의 보검과 보도(寶刀)에 가루라가 심하게 다쳤습니다."

"그들이 이곳에 왔었느냐?"

"좌호법과 천초후는 천신오국의 열 명의 절번 중에 여섯 명을, 그리고 이십 명의 존왕 중에서 열세 명, 그리고 금성족부터 녹성족까지 색성칠위 투정수 만오천 명과 천외신군 삼만 명, 그뿐만 아니라 강령혈대처럼 은밀하게 훈련시킨 몇 개의 비밀 조직들을 모두 이끌고 이곳에서 매복하고 있다가 여황 폐하를 급습했습니다."

실로 상상을 초월하는 어마어마한 세력이다. 그렇다면 천황 인 좌호법과 천초후는 이곳을 천여황의 무덤으로 삼으려고 했 던 것이 분명하다.

"여황 쪽은 몇 명이나 되느냐?"

천여황을 단지 '여황'이라고 지칭하는 것은 대단한 불경이지 만 야말은 개의치 않았다.

"여황 폐하와 천황이제자이신 연군풍 공주, 우호법이신 백 룡천제 세 분과 저희들이 전부였습니다."

그렇다면 제아무리 천여황이라고 해도 천황파에 당할 수밖 에 없었을 것이다.

"그런데 연군풍 공주께서 죽음을 당하신 후에 여황 폐하와 우호법님 두 분이 심한 부상을 당한 상태에서 북쪽으로 도주 하셨습니다……."

야말은 그렇게 말하면서 분한 눈물을 흘렸다.

화운룡은 야말의 설명을 들으면서 가루라의 아래쪽 목 깊 은 상처 부위에 손바닥을 댔다.

그르르르……

그가 손바닥으로 명천신기를 주입하자 가루라가 낮은 울음 소리를 냈다.

야말은 주먹을 움켜쥐고 허공에 휘두르며 억울한 표정으로 열변을 토했다.

"좌호법은 여황 폐하께서 매우 평화적으로 중원을 점령한 것에 대해서 불만이 많다고 말했습니다."

"그가 그런 말을 했느냐?"

"여황 폐하를 맹렬하게 합공하는 과정에 좌호법이 그렇게 말했습니다. 중원을 비롯한 천하를 피로 씻어버리고 거기에 새로운 세계인 천신국을 세워야 한다고 말입니다."

"그것이 좌호법이 반란을 일으킨 이유라더냐?"

"좌호법이 그렇다고 말했습니다. 그래서 자신이 천신국의 황위에 올라 여황 폐하께서 하시지 못한 것 즉, 중원 무림을 깡그리 멸살하고 천하의 모든 것들을 압수, 통합하며, 황족은 물론이고 지방의 토호나 유지 등 각계의 유명인들을 모조리 죽일 것이라고 말했습니다."

화운룡은 무슨 뜻인지 알았다. 천여황이 너무 온건하게 천하를 접수한 것을 못마땅하게 여긴 좌호법이 반역을 일으켜서, 자신이 권력을 잡게 되면 천하를 피로 씻어 완전히 새로운 제국을 건국하겠다는 뜻이다.

좌호법은 천하에서 조금이라도 권력이나 재물, 영향력이 있는 사람이라면 깡그리 죽이겠다는 것이다.

그러면 가장 밑바닥의 민초(民草), 백성들만 남게 되는데 그들만 살려서 이 땅에 천신국을 세우겠다는 얘기다.

국가와 국가 간의 전쟁이라면 좌호법의 지론도 하나의 방법이라고 할 수 있다.

"천신국에서 예전부터 나돌던 소문에 의하면 좌호법은 매우 다혈질적이고 호전적인 성격으로 아무리 아끼는 수하라고 해도 실수를 하거나 명령을 이행하지 못할 경우에는 엄벌에 처하는 것으로 유명했다는 겁니다."

야말은 입에 거품을 물면서 떠들어댔다.

화운룡은 가루라의 세 번째이자 마지막 상처를 치료하면서 묵묵히 듣기만 했다.

"만약 좌호법이 일찌감치 반역을 일으켜서 황위에 오른 후에 중원 정벌을 했더라면 지금쯤 중원천하는 지옥으로 변했을 것입니다."

화운룡은 야말의 말이 맞을 것이라고 생각했다.

그가 중원을 두루 돌면서 직접 겪어본 바에 의하면 사람들은 예전보다 지금이 훨씬 세상이 살기 좋아졌다고 입을 모았으며, 꽤 많은 사람들이 아예 드러내 놓고 천외신계를 칭송하기도 했었다.

"천황이제자가 죽었다는 것이냐?"

"천초후의 보도에 목과 가슴이 꿰뚫려서 가루라 아래로 추락하는 것을 제가 직접 봤습니다."

야말은 대답하고는 일어나서 두리번거렸다.

"저기 어디쯤 떨어지셨는데……."

그러더니 화운룡이 시키지도 않았는데 한쪽 방향으로 나는 듯이 달려갔다.

화운룡은 치료를 끝내고 가루라의 머리를 쓰다듬으며 빙그레 미소 지었다.

"이제 다 됐다. 움직여도 된다."

그르르르……

가루라는 머리를 들더니 화운룡 어깨에 부드럽게 부비면서 낮게 울었다.

"하하……! 이 녀석아, 고맙다는 뜻이냐?"

그르르르……

가루라는 사람 머리보다 서너 배는 더 커다란 머리와 길쭉한 부리를 화운룡의 얼굴에 부비며 울었다.

          *   *   *

자봉이 제압한 부상인자에게 지시했다.

"소공녀가 어디에 있는지 알겠느냐?"

화운룡과 생각을 공유하는 자봉은 그와 소공녀가 미래에 어떤 관계였는지에 대해서도 잘 알고 있다.

부상인자는 공손히 대답했다.

"현재 이동 중이실 겁니다."

"어디로 향하고 있는지 알 수 있겠느냐?"

원래 자봉은 부상어를 한마디도 못하지만 화운룡의 생각을 공유하는 덕분에 술술 부상어가 나왔다.

"전서구를 띄우면 알 수 있습니다."

"띄워라."

"뭐라고 하면 됩니까?"

자봉은 부상인자가 써야 할 서찰의 내용을 말해주고 나서 지나가는 말처럼 물었다.

"너 이름이 뭐냐?"

"공(空)입니다."

"소라(そら) 말이냐?"

"부상어로 하면 그렇습니다."

자봉은 고개를 끄떡였다.

"그냥 공이 낫다."

자봉이 화운룡의 생각을 공유할 때는 성격이나 행동이 그와 매우 흡사해지는 것 같다.

화운룡은 가루라가 벌떡 일어나서 땅을 딛고 우뚝 서 있는 모습을 올려다보면서 친근하게 물었다.

"날 수 있겠느냐?"

구르르르…….

화운룡이 부드럽게 미소를 지었다.

"내 부탁을 들어주겠느냐?"

말귀를 알아들은 가루라는 커다란 눈으로 물끄러미 화운룡을 굽어보았다.

"천여황을 찾아서 내게 알려다오."

그런데 가루라는 아무런 반응 없이 그냥 서 있을 뿐이다.

화운룡은 가루라가 '천여황'이라는 말을 알아듣지 못했음을 깨닫고 실소를 흘렸다.

"여황 폐하를 찾아내라. 그리고 곧장 내게 와서 여황 폐하가 어디에 계시는지 알려줄 수 있겠느냐?"

구르르…….

그제야 가루라가 고개를 끄떡이며 낮게 울었다. 가루라도 천외신계 출신이라고 '여황 폐하'라고 해야 알아듣는다.

화운룡은 손을 저었다.

"그럼 이제 가라."

그러자 가루라가 크게 날갯짓을 하면서 힘차게 하늘로 날아올랐다.

잠시 후에 가루라의 모습이 시야에서 사라졌다. 그러나 화운룡은 가루라가 수천 장 높이 까마득한 하늘로 솟구쳤다가 북쪽으로 쏜살같이 날아가는 것을 보았다.

화운룡은 생각을 정리했다. 천여황은 가루라가 찾아낼 테
니까 그는 소공녀를 찾으면 된다.

부상인자들의 최고 우두머리인 소공녀를 만나려는 이유는
그저 단순히 그녀를 만나고 싶기 때문이다.

소공녀가 천황을 도와 천여황을 잡든 말든 그런 것은 상관
할 생각이 없다.

"전하!"

그때 저만치에서 야말과 굴락이 이쪽으로 나는 듯이 달려
오고 있는데 야말이 누군가를 안고 있다.

"전하! 연군풍 공주이십니다!"

화운룡은 슬쩍 미간을 좁혔다. '그래서 나더러 어쩌라는 말
이냐?'라는 말이 튀어나오려는 것을 참았다.

그러나 야말이나 굴락의 입장에서는 화운룡이 당연히 연군
풍을 살펴봐야 한다고 생각했다.

야말은 안고 온 여자를 화운룡의 발아래 풀밭에 조심스럽
게 눕혔다.

헝클어진 머리카락과 찢어진 옷으로 여자라는 것은 알겠지
만 얼굴이 온통 피투성이에 온몸이 갈가리 찢어진 참혹한 모
습이라 절로 눈살이 찌푸려졌다.

솔직히 화운룡으로서는 발 앞에 눕혀진 여자가 죽었든 살
았든 관심이 없다.

야말이 초조한 표정으로 화운룡을 바라보았다.

"전하, 공주께선 어떠십니까?"

화운룡은 마뜩잖은 표정으로 피구덩이에서 꺼낸 듯한 여자를 굽어보았다.

그는 시체나 다름이 없는 처참한 몰골의 여자가 아주 미약하게 맥을 유지하고 있다는 사실을 감지했다.

"연군풍이라고?"

"그렇습니다."

야말과 굴락은 화운룡이 당연히 연군풍과 아는 사이일 것이라고 생각했다.

화운룡이 동후신패를 지니고 있으므로 동초후와 동격이고, 그렇다면 천황제자들을 알고 있어야 하는 것이다.

야말은 초조하게 물었다.

"공주께선 살아 계십니까?"

"숨은 붙어 있다."

"아아… 정말 다행입니다……!"

야말과 굴락은 연군풍이 숨만 붙어 있다는데도 잠시 후에 그녀가 훌훌 털고 일어날 것이라는 사실을 추호도 의심하지 않았다.

화운룡은 지금 상황은 연군풍이라는 여자를 살릴 수밖에 없다고 판단했다.

화운룡의 생각을 읽은 옥봉이 연군풍 옆에 앉아서 조심스럽게 그녀의 옷을 벗겼다. 몸 어디에 어떤 상처가 났는지 확인하기 위해서다.

그러자 야말과 굴락, 그리고 부상인자 공이 움찔 놀라서 급히 몸을 돌려 외면했다.

옥봉에 자봉까지 달라붙어서 연군풍의 옷을 벗겼지만 온몸이 온통 피투성이라서 어디에 상처가 있는 것인지 제대로 알 수가 없다.

"물을 구해 오겠습니다."

야말과 굴락이 두 방향으로 달려가려고 하자 자봉이 급히 뾰족하게 외쳤다.

"한 사람은 치료할 만한 장소를 구해봐요."

하의까지 다 벗겨진 연군풍을 허허벌판에서 치료할 수는 없기 때문이다.

야트막한 언덕의 아래쪽 안으로 움푹 들어간 아늑한 구덩이에 화운룡과 연군풍 두 사람이 있다.

구덩이 바닥에는 알몸의 연군풍이 반듯한 자세로 누워 있고 그 옆에 화운룡이 책상다리로 앉았다.

옥봉과 자봉이 연군풍의 온몸에 묻은 피를 물에 적신 헝겊으로 깨끗하게 닦고는 조금 전에 밖으로 나갔다.

화운룡은 연군풍을 치료하기 전에 잠시 생각했다.

연군풍이 깨어나면 화운룡이 동초후하고는 아무런 연관도 없으며 오히려 적이라는 사실이 드러나게 될 터이다.

그렇기 때문에 연군풍을 이대로 깨어나게 하면 안 된다. 무슨 수를 써야만 한다.

그렇다고 죽게 내버려 두는 것은 화운룡으로서는 곤란하다. 피아를 막론하고 일단 살리겠다고 작정한 사람이 눈앞에서 죽어가는 것은 보지 못하는 성미다.

'그렇다면……'

그래서 연군풍에게는 새로운 수법을 시험해 보기로 했다. 살리기는 하되 화운룡에게 불리한 말을 일체 입 밖에 내지 않을 내 사람으로 만드는 수법이다.

그것은 화운룡이 여태 한 번도 시전해 본 적이 없지만 이것 역시 이론상으로는 가능한 수법이다.

즉, 명천신기로 연군풍을 치료하면서 심심상인과 심지공을 더하는 과정에 화운룡이 만들어낸 가공의 사실을 그녀의 기억 속에 주입하자는 것이다.

그게 성공하면 연군풍을 살리더라도 불리한 일은 일어나지 않을 터이다.

아니, 그녀는 천여황 연종초의 제자라니까 많은 정보를 알아낼 수 있을뿐더러 장차 연종초에게 복수를 하게 될 때 화운룡에게 도움을 줄 수도 있을 것이다.

핏기 한 점 없는 창백한 얼굴로 누워 있는 늘씬한 몸매의 연군풍은 누가 보더라도 이미 죽은 지 오래된 시체나 다름이 없는 모습이다.

그녀의 가장 큰 상처는 목과 가슴, 그리고 아랫배에서 허벅지로 이어지는 상처다. 목은 도에 베었으며 왼쪽 심장 부위는 검에 찔렸고 왼쪽 허벅지는 아랫배에서 허벅지까지 비스듬히 길게 베어졌다.

하나만으로도 충분히 죽음에 이를 수 있는 치명적인 상처를 그녀는 세 개씩이나 한 몸에 입은 것이다.

화운룡은 목의 상처부터 치료를 시작했다. 상처가 깊은 만큼 다른 사람보다 시간이 조금 더 소요됐다.

'이것은……?'

목의 상처를 치료하던 중에 화운룡은 뜻밖에 새로운 사실을 알게 되었다.

연군풍이 자발적인 가사 상태에 빠져 있다는 것이다. 그것은 어떤 절망적인 상황에 처했을 때 스스로 몸의 모든 기능을 현저히 느리게 떨어뜨려서 죽음이나 마찬가지 상태로 만드는 비전수법이다.

그 수법을 쓰지 않았을 경우에 일각 안에 죽을 것이라고 했을 때, 수법을 쓰면 최대 몇 시진까지 죽지 않고 그 상태로 버틸 수가 있다.

이런 허허벌판에서 수천 구의 시체들 속에 누워 있으면서 대관절 누가 자신을 구해줄 것이라 믿고 자발적으로 가사 상태에 들어갔다는 말인가.

지금처럼 천행으로 화운룡을 만나지 못했더라면 그녀는 필경 죽게 될 것이다.

이 드넓은 천하에서 그녀가 화운룡에 의해서 살아날 확률은 천만분지 일도 되지 않는다.

그런데도 그녀는 그 천만분지 일도 되지 않는 기적을 바라고 스스로 가사 상태에 들어간 것이다.

그렇게 봤을 때 화운룡과 연군풍의 만남은 결코 우연이라고 할 수 없다. 이것은 우연을 빙자한 필연일 것이다.

'그런 것인가?'

화운룡은 연군풍을 치료하는 일에 조금 전하고는 달리 조금 진지해졌다.

연군풍의 목과 가슴의 상처는 완벽하게 치료되었다.

마지막 상처는 그녀의 왼쪽 아랫배에서 오른쪽 허벅지까지 비스듬히 길게 베인 깊은 상처다.

내상 같으면 명천신기를 주입하는 것만으로 치료가 되겠지만 이런 깊은 외상은 손바닥으로 명천신기를 발출하면서 직접 상처를 쓰다듬으며 주입을 하는 것이 효과가 좋다.

깊은 상처일수록 쓰다듬는 시간이 더 길어지고 좀 더 세게 눌러야 하는 것은 두말할 나위가 없다.

화운룡은 지루했지만 끈기 있게 손바닥으로 상처를 꾹꾹 누르면서 명천신기를 쉬지 않고 주입했다.

상처는 아랫배 맨 아래쪽에서 허벅지로 건너뛰었다. 중요한 부위는 신체 구조상 움푹 들어가 있어서 다행히 상처를 입지 않았다.

이제 화운룡의 커다란 손은 아랫배 맨 아래쪽과 허벅지를 동시에 덮고 있다.

스스으으······.

명천신기가 주입되는 소리는 매우 작지만 주위가 조용한 탓에 고즈넉하게 흘러나왔다.

그때 연군풍이 천천히 눈을 떴다. 그녀의 마지막 기억은 부상인자의 우두머리 소공녀의 검에 심장 부위를 깊이 찔린 직후에 멈춰 버렸다.

그녀의 생명을 위협했던 목과 가슴의 상처가 깨끗하게 치료되자 저절로 정신을 차린 것이다.

'나는 죽지 않은 것인가······?'

그녀는 그토록 극심한 상처에 비해서 통증이 조금도 느껴지지 않는 것을 이상하게 생각했다.

아니, 통증은커녕 오히려 그 반대로 기분이 매우 상쾌하고 몸은 편안했다.

그리고 그녀는 누군가 자신의 아랫배와 허벅지 깊은 부위를 만지고 있는 것을 깨닫고 가볍게 움찔했다.

화운룡은 연군풍이 깨어난 것을 알고 치료를 계속하면서 조용히 말했다.

"치료하는 중이니까 움직이지 마라."

연군풍은 잠시 생각해 보다가 그의 말을 믿었다. 죽어가던 그녀가 지금 아무 고통도 느끼지 않는다는 것이 그의 말을 증명하고 있기 때문이다.

'아랫배와 허벅지의 상처를 치료하는 중인가? 그럼 목과 가슴의 상처는······.'

그녀는 가만히 손을 들어 목을 만져보았지만 손가락 끝에 상처는커녕 흉터의 흔적조차 만져지지 않았다.

'어떻게 이럴 수가······.'

목의 상처가 얼마나 깊었는지 그녀는 잘 알고 있다. 당시에 그녀는 자신의 목이 잘라진 줄 알았었다.

그 정도로 크고도 깊은 상처였는데 지금은 작은 흉터조차 남아 있지 않다는 사실을 대체 어떻게 받아들여야 하는지 정신이 멍해졌다.

'어쩌면 나는 죽은 것인가? 그래서 지금 꿈을 꾸고 있는 것

인지도 모른다……'

그런 생각이 들면서 이번에는 왼쪽 심장 부위를 찔렸던 상처를 확인해 보려고 손을 아래로 내렸다.

"……."

그런데 그녀의 손에 닿은 것은 맨살이다. 부드럽고 풍성한 가슴이 물컹하고 만져졌다.

그녀는 자신이 상의를 벗고 있다는 사실을 알게 되었다. 하지만 상처를 치료하기 위해서는 어쩔 수 없었을 것이라고 즉시 이해했다.

가슴의 상처도 말끔하게, 아니, 완벽하게 치료되었다. 목과 마찬가지로 흉터조차 만져지지 않았다.

'도대체 어떻게 치료했기에……'

그녀는 자신이 얼마나 심한 중상을 입었는지 똑똑히 기억하고 있다.

그런 상처를 흉터도 남기지 않고 치료를 하다니 자신이 직접 만져보고서도 믿어지지가 않았다.

그제야 그녀는 처음으로 자신을 치료하고 있는 사람을 바라보았다.

아랫배와 허벅지의 상처를 굽어보면서 치료에 집중하고 있는 낯선 청년의 옆모습을 보는 순간 연군풍은 너무 놀라서 눈을 커다랗게 떴다.

"……"

화운룡의 절대적인 준수함에 그녀는 경악하여 잠시 동안 멍한 기분에 사로잡혔다.

그때 화운룡의 손이 그녀의 아랫배에서 허벅지로 넘어가 부드럽게 쓰다듬었다.

손가락이 어느 곳을 자극하자 그녀는 화들짝 놀라 부지중에 몸을 움찔 떨었다.

화운룡은 움직임을 멈추고 연군풍을 쳐다보며 조용한 목소리로 중얼거렸다.

"치료 중에 격동하지 마라."

"네……"

상대가 누군지도 모르는데 그녀는 공손히 대답하고 살며시 눈을 감았다.

스물두 살이 될 때까지 어느 누구의 손길도 닿은 적이 없는 부위를 낯선 사내에게 내맡겼으나 화가 나기보다는 부끄러움을 느꼈다.

그녀는 얼굴이 화끈거리고 심장이 마구 쿵쾅거리자 화운룡이 그 소리를 듣게 될까 봐 크게 당황했다. 하지만 어떻게 해야 할지 방법이 생각나지 않았다.

화운룡은 마지막으로 허벅지 상처를 치료하면서 심심상인과 심지공을 전개하여 방금 전에 만들어낸 기억을 연군풍에게 주입시켰다.

"아……."

연군풍이 눈을 크게 뜨더니 갑자기 몸을 바르르 떨었다.

화운룡은 자신이 주입한 새로운 기억의 영향이라고 생각하여 개의치 않고 치료를 하고 잠시 후에 끝냈다.

화운룡은 연군풍이 미래에서, 그리고 과거로 돌아와서도 자신의 최측근 수하였다는 사실을 주입시켰다.

이윽고 화운룡은 손을 뗐다.

"일어나도 된다."

"여보, 당신이 일으켜 주세요."

"……."

그런데 연군풍이 누운 상태에서 두 손을 뻗으며 몹시 요염한 목소리로 말했다.

화운룡은 어이없는 표정으로 연군풍을 쳐다보았다. 그는 미래와 과거로 돌아와서까지 자신의 최측근이었던 여자의 기억을 주입했지 누구라고 지정하지는 않았었다.

"너 누구냐?"

그런데 어이없게도 연군풍이 상체를 일으켜 앉으면서 두 팔을 화운룡의 목을 감더니 입술을 부딪쳐 왔다.

"누구긴 누구예요? 당신 마누라지."

화운룡은 입술을 비비는 연군풍의 가슴을 밀어냈다.

연군풍은 자신의 가슴을 만지고 있는 화운룡의 손을 내려다보더니 묘하게 미소 지었다.

"엉큼하긴."

화운룡은 연군풍의 행동과 말투가 누구와 매우 닮았다고 느꼈지만 그걸 믿고 싶지는 않았다.

화운룡은 그녀의 가슴에서 손을 떼고 다시 물었다.

"너 누구냐?"

연군풍이 도발적인 미소를 지으면서 대답했다.

"당신의 영원한 마누라 운설이지 누구긴 누구예요?"

"운설······."

화운룡 얼굴에 어이없는 표정이 가득 떠올랐다. 최측근 여자의 기억을 연군풍에게 주입시켰더니 하필이면 설운설의 기억인 것이다.

화운룡은 얼굴을 찌푸렸다.

"옷이나 입어라."

연군풍은 아늑한 구덩이 안을 두리번거리면서 묘한 미소를 지었다.

"나를 이런 곳으로 데리고 들어와서 홀딱 벗겨놓다니, 당신 무슨 속셈이죠?"

화운룡은 자신의 겉옷을 벗어 연군풍에게 던져주고 구덩이 밖으로 나가며 속으로 중얼거렸다.

'주입한 기억을 제거하는 방법을 연구해 봐야겠군.'

진짜 운설이 살아서 돌아왔다면 춤을 추면서 기뻐할 일이지만, 운설이 아닌 다른 여자가 운설인 양 행동하는 것을 보는 일은 괴로울 뿐이다.

『와룡봉추』 18권에 계속…